[美] 斯蒂芬·金 著

姚向辉 译

明天过后
LATER

STEPHEN KING

湖南文艺出版社
HUNAN LITERATURE AND ART PUBLISHING HOUSE

博集天卷
CS-BOOKY

Later

Copyright © 2021 by Stephen King

This edition arranged with The Lotts Agency Ltd.

through Andrew Nurnberg Associates International Limited

著作权合同登记号：图字 18-2022-026

图书在版编目（CIP）数据

明天过后 /（美）斯蒂芬·金著；姚向辉译 . -- 长沙：湖南文艺出版社，2022.8
书名原文：Later
ISBN 978-7-5726-0681-6

Ⅰ. ①明… Ⅱ. ①斯… ②姚… Ⅲ. ①长篇小说—美国—现代 Ⅳ. ① I712.45

中国版本图书馆 CIP 数据核字（2022）第 077044 号

上架建议：畅销·外国文学

MINGTIAN GUOHOU
明天过后

著　　者：	［美］斯蒂芬·金	
译　　者：	姚向辉	
出 版 人：	曾赛丰	
责任编辑：	匡杨乐	
监　　制：	吴文娟	
策划编辑：	姚涵之	
特约编辑：	罗雪莹	
版权支持：	辛　艳　　张雪珂	
营销编辑：	闵　婕　傅　丽	
封面设计：	利　锐	
版式设计：	李　洁	
内文排版：	百朗文化	
出　　版：	湖南文艺出版社	
	（长沙市雨花区东二环一段 508 号　邮编：410014）	
网　　址：	www.hnwy.net	
印　　刷：	三河市天润建兴印务有限公司	
经　　销：	新华书店	
开　　本：	875mm × 1270mm　1/32	
字　　数：	175 千字	
印　　张：	6.5	
版　　次：	2022 年 8 月第 1 版	
印　　次：	2022 年 8 月第 1 次印刷	
书　　号：	ISBN 978-7-5726-0681-6	
定　　价：	45.00 元	

若有质量问题，请致电质量监督电话：010-59096394
团购电话：010-59320018

献给克里斯·洛茨

明天只有那么多个。

——迈克尔·兰登

我不喜欢一上来先道歉，搞不好甚至有规则禁止我这么做，就像句子不能以介词结尾。但是，读完我目前所写的三十页纸，我觉得我不得不道个歉了，因为有个词我用了一遍又一遍。我从老妈嘴里学到了很多四字母词的用法，才几岁就已经用得很溜了（读者很快就会注意到这一点），但这个词有五个字母。它就是"后来"（later），也就是"后来呢""后来我发现"和"后来我才意识到"的那个"后来"。我知道重复多了会让人烦，但我别无选择，因为故事发生那会儿我还相信圣诞老人和牙仙[1]呢（尽管我在六岁时就起了疑心）。现在我二十二岁了，这确实是后来发生的事情，对吧？我猜等我四十来岁时——我总是理所当然地认为我会活到那个年纪——回头再看二十二岁的我，会意识到当时有很多道理我还不明白。现在我知道了，永远还有一个后来，至少在我们死前都是这样。到了那个时候，我猜一切都会变成从前。

　　我叫杰米·康克林，从前有一次我画了一张感恩节火鸡，自己觉得特别厉害。后来——不久之后的后来——我发现我的画更像是从牛屁眼里拉出来的东西。有时候真相确实伤人。

　　我觉得这是个恐怖故事。请读者自行决定吧。

1

我和老妈一起从学校走回家。我的一只手拉着她，另一只手紧紧抓着我的火鸡，那是我在感恩节前的一个星期画的。那时我上一年级，对自己的火鸡可自豪了，走起路来都觉得虎虎生风。火鸡是怎么画的呢？你把手放在一张美术纸上，再用蜡笔照着描一遍，这样你就有了尾巴和身体。火鸡脑袋就全凭你自己发挥了。

我给老妈看我的火鸡，她全程对对对，好好好，宝贝你真厉害，但我不认为她真的仔细看了。她多半在琢磨怎么卖她手上的某本书呢，用她的话说就是"强行推销"。老妈是个文学经纪人，明白了吧。以前做这个的是她哥哥，我的哈利舅舅，但老妈去年接管了他的生意——说来话长，而且有点扫兴。

我说："我用的是森林绿，因为这是我最喜欢的颜色。你知道的，对吧？"这时我们就快走到我们家所在的那栋楼了，它离学校只有三个街区远。

她还是说对对对。接着她说："小子，等咱们到家了，你自己去玩吧，看《巴尼与朋友》或者《魔法校车》也行。我有一亿个电话要打。"

我也跟老妈说对对对，她戳了我一下，咧开嘴笑了。我很高兴自己能逗老妈发笑，虽然我只有六岁，但我已经知道她是个不苟言笑的人了。后来我发现，老妈之所以这么严肃，也是因为她比较担心我，她认为她养大的这个孩子也许精神不正常。就在我的故事开始的这一天，她终于能确定我其实没疯了。这无疑让她如释重负，但从另一方面来看又压力重重。

"你不能把这件事告诉任何人，"那天晚些时候她对我说，"除了我。也许甚至都不该告诉我的，小子。明白了吗？"

我说明白了。假如你是个孩子，而说话的是你老妈，那么无论她说什么你都会点头答应。当然了，除非她说的是"现在该睡觉了"或者"吃完你的西蓝花"。

我们走进公寓楼，电梯还是没修好。你可以说假如电梯是好的，那么情况也许会有所不同，但我不这么认为。有些人喜欢说什么生活就是我们做出的一个个选择和我们走上的一条条道路，我觉得他们全是在放狗屁。无论走楼梯还是坐电梯，我们都必须从三楼出来。要是无常命运抬起手指着你，那么所有的道路都只会通向同一个终点，这就是我的看法。等我年纪再大一些之后，我也许会有别的看法，但实话实说，我觉得不太可能。

"去他妈的电梯，"老妈说完，连忙又补了一句，"小子，你没听见我刚才说了什么。"

"听见什么？"我问，她再次朝我笑了笑。告诉你吧，这是那天下午她的最后一个笑容了。我问她要不要我帮忙拎包，她的包里和平时一样装着一份底稿，那天的底稿很有分量，看上去像是至少有五百页（天气好的时候，老妈总是一边坐在长椅上读底稿，一边等我放学）。她说："算你有心了，但我总是怎么对你说的来着？"

"在生命中，我们必须背负自己的重担。"我说。

"一点不错。"

"你在看雷吉斯·托马斯的书吗？"我问。

"正是。老朋友雷吉斯，咱们能付房租多亏了他。"

"是关于罗阿诺克[1]的吗？"

"杰米，这难道还需要问吗？"我不由得窃笑。老朋友雷吉斯写的东西永远和罗阿诺克有关，那是他在生命中背负的重担。

我们爬楼梯来到三楼，除了走廊尽头的我们家，这一层还有另外

---

[1] 美国弗吉尼亚州西部城市。

两套公寓，不过我们家的公寓是最漂亮的一套。伯克特夫妇站在3A的门口，我立刻知道出事了，因为伯克特先生在抽烟。我以前从没见过他抽烟，而且我们这栋楼本身就禁止抽烟。他眼睛充血，一头灰发乱糟糟地支棱着。我总是称呼他先生，但他实际上是伯克特教授，在纽约大学教什么超级睿智的课程。我后来知道他教的是英国与欧洲文学。伯克特太太穿着睡袍，光着脚。她这件睡袍相当薄，我透过衣服几乎什么都能看见。

老妈说："马蒂，出什么事了？"

他还没来得及回答，我就冲上去给他看我画的火鸡，因为他显得很难过，而我想哄他开心。不过还有另一个原因，那就是我真的特别自豪。"伯克特先生，快看！我画了只火鸡！快看，伯克特太太！"我把火鸡举起来，挡住自己的脸，因为我不想让她认为我在看她的身体。

伯克特先生没搭理我，我觉得他甚至没听见我在说什么。"蒂亚，我有个坏消息。莫娜今天上午去世了。"

老妈的底稿包掉在了她的双脚之间，她抬起一只手捂住嘴。"天哪，不！这不是真的！"

他哭了起来。"她夜里起床，说想喝杯水，之后我就又睡着了。今天一早起来，我看到她躺在沙发上，毯子拉到下巴那儿，于是我轻手轻脚去厨房煮咖啡，因为我觉得好闻的味道会弄……弄……弄醒……会弄醒……"

说到这儿，他完全崩溃了。妈妈搂住他，就像我弄疼自己的时候拥抱我那样，尽管伯克特先生已经有一百岁了（七十四岁，我后来得知）。

这时伯克特太太对我说话了。我很难听清她说的话，但她的声音还是比其他死人的声音清晰，毕竟她才刚死不久。她说："詹姆斯[1]，火

---

1 杰米的全称。

鸡不是绿色的。"

"但我的就是。"我说。

老妈还抱着伯克特先生，像哄小孩似的前后摇晃。他们没听见伯克特太太在说什么，因为他们不可能听见，而他们没听见我说话，是因为他们在做大人的事情：老妈在安慰人，伯克特先生在痛哭流涕。

伯克特先生说："我给艾伦医生打了电话，他来看过，说她应该是泡湿了[1]。"我记得他好像是这么说的。他哭得太厉害了，很难确定他具体说了什么。"他打电话给殡仪馆，他们把她运走了。现在她不在了，我不知道我该怎么办。"

伯克特太太说："要是我丈夫再不注意，他的烟头就要烧到你母亲的头发了。"

她没说错，确实烧到了。我能闻到头发烤焦的气味，就是美容院里的那股味儿。老妈太有礼貌了，所以什么都没说，但她想办法让伯克特先生松开了她，然后接过他手里的香烟，把它扔在地上踩灭。我觉得这么做很恶心，超级没格调，但我什么都没说。我能感觉到这是个特殊场合。

我还知道，要是我再和伯克特夫人搭话，老妈和伯克特先生肯定会被吓坏的。任何小孩，只要脑子没问题，都会懂得一些最基本的道理。你要说"请"，你要说"谢谢"，你不能在公共场合露出私处，你不能张着嘴嚼东西。另外，假如死人站在想念他们的活人身旁，你绝对不能和他们交谈。但我要澄清一下，算是给我自己辩解：刚看见她的时候，我并不知道她已经死了。后来我会越来越擅长分辨两者之间的区别，但当时我还在学习。我能一眼看穿的是她的睡袍，而不是她本人。死人看上去和活人一样，只不过他们总是穿着去世时穿的那身衣服。

---

1 杰米把"中风"（stroke）听成了"泡湿了"（soak）。

与此同时，伯克特先生在讲述刚才发生的一切。他告诉老妈他如何坐在沙发旁边的地板上，握着妻子的手，直到医生赶来。随后他继续那么坐着，直到殡仪馆的人来接走她。他的原话是"运送遗体"，我不明白他在说什么，老妈解释给我听我才明白。刚开始我以为他在说什么美容师，也许是因为他烧老妈头发时的那股怪味。他本来已经渐渐不哭了，但这会儿又号啕大哭了起来。"她的戒指不见了，"他边哭边说，"不仅是结婚戒指，连订婚戒指也不见了，就是镶着大钻石的那枚。我翻过她那边的床头柜，每次她往手上抹那个特别难闻的关节炎药膏，就会把戒指放——"

"确实很难闻，"伯克特夫人承认道，"羊毛脂其实就是羊用来保护毛皮的分泌物，但真的非常有用。"

我点点头，表示我明白，但没说话。

"我也找了卫生间的洗手池，因为有时候她会把戒指放在台面上……我到处都找过了。"

"戒指会自己冒出来的。"老妈安慰道。现在她的头发已经安全了，于是她又把伯克特先生搂进怀里。"戒指会自己冒出来的，马蒂，你不需要担心。"

"我太想她了！我已经在想她了！"

伯克特夫人抬起手，满不在乎地挥了挥。"我敢保证，再过六个星期，他就会去请多洛雷丝·马高恩吃午饭。"

伯克特先生絮絮叨叨地说着什么，老妈轻声细语地安慰他，每次我擦破了膝盖，或者像另外一次，我想给她泡杯茶，却把热水洒在了自己手上，她就会这么安慰我。简而言之，他们相当闹腾，于是我抓住机会开口，但压低了嗓门。

"伯克特夫人，你的戒指在哪儿？还记得吗？"

死人必须对你说实话。六岁的时候，我还不明白这个道理，当时我以为成年人无论死活都会说实话。当然了，那会儿我还相信金凤花[1]是个真实存在的姑娘呢，你想说我傻就说好了。至少我没有相信三只熊真的会说话。

"走廊壁橱最高的那层架子上，"她说，"在最里面，剪贴簿后面。"

"为什么放在那儿？"我问。老妈怀疑地瞪了我一眼。在她看来，我正在和空荡荡的门洞交谈……不过当时她已经知道我和其他孩子不太一样了。有次在中央公园发生了一件事，不是什么好事，后面我会说到的。总之，在那之后，我不小心听见她和一个编辑打电话，说我有点"仙儿"。我吓得要死，以为她想给我改名叫"仙儿"，那可是个女孩的名字啊。

"我完全不知道，"伯克特太太说，"当时我应该已经中风了。血水正在淹死我的思想。"

血水正在淹死我的思想。我永远都不会忘记这个说法。

老妈问伯克特先生要不要来我们家喝杯茶（"或者喝点更有劲儿的"），但他说算了，他想再去找找他妻子的戒指。老妈打算叫中餐外卖当晚饭，于是问他要不要顺便给他带点，他说那敢情好，谢谢你，蒂亚。

老妈说没什么（她说"没什么"的次数和说"对对对""好好好"的次数一样多），还说我们六点左右给他送过来——不过要是他想来我们家一起吃，我们也会非常欢迎他的。他说算了，他想在家里吃饭，但希望我们能陪他吃。他说的不是"我家"，而是"我们家"，就好像伯克特太太还活着似的。她已经死了，虽然她还在这儿。

"到时候你肯定已经找到她的戒指了，"老妈抓住我的手，"杰米，走吧。咱们晚些时候再来看伯克特先生，这会儿就别打扰他了。"

伯克特太太说："杰米，火鸡不是绿色的，而且你画的那东西根本

---

1 美国传统童话中的角色，在森林中闯入三只熊的家。——译者注

不像火鸡，更像是一个肉球上插着几根手指。你不是伦勃朗。"

死人必须说实话，假如你想知道问题的答案，这自然很好，但如我所说，真相有时候确实会伤人。我正要对她发火，但她忽然哭了起来，我也就不可能生气了。她转向伯克特先生，说："现在谁会来提醒你别忘记穿腰后的裤带环？多洛雷丝·马高恩？气得我都要笑出来了。"她亲吻他的面颊，或者说，她对着他的面颊亲了一下，我分不清究竟是前者还是后者。"我爱你，马蒂。死了也还是爱你。"

伯克特先生抬起手，挠了挠她嘴唇碰到的地方。我猜他只是觉得脸上有点痒吧。

2

所以，对，我能看见死人。自从我记事起，我就一直能看见死人，但情况和布鲁斯·威利斯那部电影[1]里演的不一样。能看见死人有时候很好玩，有时候很吓人（比如中央公园那家伙），有时候让我烦恼，但大多数时候，我就只是能看见死人而已。这和其他事情没什么区别，比如天生左撇子，比如才三岁就会演奏古典音乐，比如不幸得上早发型家族性阿尔茨海默病——那就是我的哈利舅舅，他发病那年只有四十二岁。我当时六岁，觉得四十二岁已经很老了，但即便我还小，我也明白，四十二岁就不知道自己是谁，实在是太年轻了。对忘记各种东西的名字来说，四十二岁也还是很年轻——出于某些原因，每次我们去看哈利舅舅的时候，最让我害怕的永远是这件事。他的思想没

---

[1] 指 1999 年上映的美国电影《第六感》。

有淹死在脑血管爆裂流淌出来的血水里，但依然是淹死了。

老妈和我继续走向3C，老妈开门，我们走进去。开门需要一点时间，因为门上有三把锁。她说过，想要住在这种有格调的地方，这就是需要付出的代价。我们的公寓有六个房间，而且俯瞰着公园大道，老妈管这儿叫公园宫殿。有个清洁女工每星期来家里打扫两次。老妈在第二大道的停车场里有辆路虎，有时候我们会去哈利舅舅在斯宾昂科的房子。多亏了雷吉斯·托马斯和另外几位作家（不过主要靠的是亲爱的老雷吉斯），我们才能住得如此舒服。可惜好生活并不持久，事情的发展轨迹也让人情绪低落，我很快就会说到的。回顾往事时，我偶尔会觉得自己的生活就像一本狄更斯小说，只是多了些骂人话。

老妈把底稿包和手提包扔在沙发上，一屁股坐下来。沙发摩擦后发出放屁的声音，平时这个声音总会让我和老妈大笑，但那天我们都没有笑。"我他妈天哪，"老妈举起一只手，做个停止手势，"你——"

"对，我没听见。"我说。

"很好。我需要弄个电击项圈什么的，每次在你面前说脏话就会电我一下，让我长个记性。"她努出下嘴唇，吹开刘海，"雷吉斯的新书，我还有两百页要读——"

"这本叫什么？"我知道书名里肯定有"罗阿诺克"这四个字，他每本书的书名都是这样。

"《罗阿诺克的鬼姑娘》，"她说，"属于他写得比较好的那种，有很多性……咳，有很多亲吻和拥抱。"

我皱起了鼻子。

"抱歉，小子，但女士就喜欢小鹿乱撞和大腿滚烫。"她望向装着《罗阿诺克的鬼姑娘》的底稿包。底稿总是扎着七八根橡皮筋，里面总会有一根突然崩断。在这种时候，老妈就会爆出她最带劲的粗口，其中有几句我一直用到了今天。"不过这会儿我什么都不想干，只想喝杯葡萄酒，也许喝一整瓶。莫娜·伯克特是个超大号的讨厌鬼，没了她，他很可能会过得更好，但这会儿他正肝肠寸断呢。老天在上，他最好还有亲戚，一想到要当总安慰师，我就腿肚子发抖。"

"她很爱他。"我说。

老妈怀疑地看着我。"是吗？你猜的？"

"我知道她爱他。她说了些我画的火鸡的坏话，然后她哭了，还过去亲他的脸。"

"詹姆斯，那是你想象出来的。"她敷衍道。当时她已经知道不是这么一回事了，我很确定她知道，但成年人想相信一件事情总是非常困难。至于为什么，听我来告诉你。他们小时候发现圣诞老人是假的，金凤花姑娘不是真的，复活节兔纯属瞎扯（仅举三例，还有很多别的东西），在这之后，他们就会产生某种情结，不再相信他们没法亲眼看见的任何东西。

"不，不是我想象出来的，她说我永远也当不了伦勃朗。伦勃朗是谁？"

"一个画家。"她再次吹开刘海，我不知道她为什么不干脆剪掉刘海或换个发型。她当然可以换个发型，因为她非常好看。

"等会儿咱们过去吃饭，你可千万别和伯克特先生说你看见了什么。"

"当然不会，"我说，"可是她说得对。我画的火鸡烂透了。"这让我觉得很难过。

我的情绪肯定表现在了脸上，因为她向我伸出双臂。"小子，你过来。"

我走过去拥抱她。

"你画的火鸡很漂亮，是我见过的最漂亮的火鸡。我要把它贴在冰箱上，永远也不取下来。"

我用尽全力抱紧她，把脸埋在她的肩窝里，这样就能闻到她的香水味了。"妈妈，我爱你。"

"我也爱你，杰米，乘以一百万倍。现在去玩吧，或者看看电视。我先打几个电话，打完就叫外卖。"

"好。"我走向我的房间，走到半路又停下了，"她把戒指放在走廊壁橱最高的那层架子上了，就在剪贴簿后面。"

老妈瞪着我，瞠目结舌。"她为什么要放在那里？"

"我问过她了，她说她不知道，还说那会儿血水正在淹死她的思想。"

"唉，我的天。"老妈低声说，抬起手捂住喉咙。

"咱们吃外卖的时候，你得想个办法告诉他，这样他就不需要担心了。我能点左公鸡吗？"

"当然，"她说，"但要配糙米饭，白米饭不行。"

"好好好。"我说。然后我就跑去玩乐高了，最近我在搭一个机器人。

3

伯克特家的公寓比我们家小一点，但是也不错。吃完晚饭，掰签语饼的时候（我的字条说"一羽在手胜过一鸟在天"，我不懂这是什么意思），老妈说："马蒂，你翻过壁橱了吗？我是说，你有没有去壁橱里找过她的戒指？"

"她为什么会把戒指放在壁橱里？"一个合情合理的问题。

"嗯，既然她中风了，那她很可能脑子不太清楚。"

我们坐在厨房转角处的沙发上，围着一个小圆桌吃饭。伯克特太太坐在餐台前的一个高脚凳上，听了老妈说的话，她使劲点头。

"我回头去看看，"伯克特先生听上去不怎么起劲，"这会儿我很累，也很难过。"

"等你有时间了，去翻一翻卧室的壁橱，"老妈说，"我现在去看看走廊上的那个壁橱。吃了那么多咕咾肉，我得站起来消化一下。"

伯克特太太说："这套说辞是她自己想出来的？我不知道她有这么聪明。"我已经很难听清她在说什么了，再过一段时间，我就会完全听不见她说的话，只能看见她的嘴在动，就好像她和我之间隔着一块厚玻璃板。用不了多久，她就会完全消失。

"我老妈很聪明的。"我说。

"我没说过她不聪明，"伯克特先生说，"但她要是能在走廊上的壁橱里找到戒指，那我就去吃了我的帽子。"

他话音未落，老妈就高喊一声："找到了！"她走进厨房，戒指放在伸出来的手掌上。婚戒确实平平常常，但订婚戒指有眼珠子那么大，真能闪瞎一个人的眼睛。

"我的天哪！"伯克特先生叫道，"老天在上，怎么可能……？"

"我向圣安东尼祈祷，"老妈飞快地瞥了我一眼，她的脸上带着微笑，"我心想：'托尼[1]，托尼，您开开眼吧！我们丢了些东西，现在必须要找到！'你看，这就灵验了。"

我想问伯克特先生要不要盐和胡椒配他的帽子，但我没开口。这会儿不适合开玩笑，另外，就像老妈经常说的——嘴贱的家伙没人喜欢。

---

[1] 安东尼的昵称。

4

葬礼在三天后举行。这是我第一次参加葬礼，感觉很有意思，但肯定称不上好玩。老妈总算不需要当总安慰师了，伯克特先生有一个妹妹和一个弟弟，安慰他的任务交给了他们。他们也很老，但没他那么老。整个追悼仪式上伯克特先生从头哭到尾，他妹妹不断给他递纸巾。她的手提包里似乎装满了纸巾，我很吃惊里面还有地方放其他东西。

那天晚上，我和老妈点了达美乐的比萨外卖。她喝葡萄酒，我喝酷爱果汁，这是我在葬礼上表现良好的特别奖励。吃到最后一块比萨时，她问我伯克特太太有没有去葬礼现场。

"去了。牧师和她的朋友们聊天的时候，她就坐在那什么底下的台阶上。"

"那叫布道台。她……"老妈拿起最后一块比萨，看了看又放下，扭头望着我，"她是透明的吗？"

"你是说就像电影里的幽灵一样？"

"对，就是这个意思。"

"不是。她是实心的，但还穿着睡袍。我看见她也很惊讶，因为她已经死了三天，他们通常不会停留这么久。"

"他们会怎么样？直接消失？"她似乎想把整件事搞清楚。我看得出她不喜欢谈论这些，但我很高兴她愿意和我谈，这让我感到如释重负。

"对。"

"杰米，她当时在做什么？"

"她就只是坐在那儿，看了一两眼她的棺材，但主要在看他。"

"看伯克特先生，也就是马蒂？"

"对。她有一次说了句什么，但我没听见。人死后过不了多久，声音就会渐渐变轻，有点像你调低车上收音机的音量。再过一阵子，你就完全听不见他们的声音了。"

"再往后他们就会消失。"

"对。"我说。我觉得喉咙被什么东西哽住了，于是一口喝完剩下的果汁，想把它冲下去。"他们就消失了。"

"帮我整理一下思路，"她说，"在这之后，要是你想的话，咱们可以看一集《火炬木小组》。"

"好耶，酷！"要我说，这部剧算不上特别酷，但能在正常就寝时间之后再拖一个小时就非常酷。

"很好。不过你要明白，咱们不会把这个作息时间当成惯例。首先，我有件事必须告诉你，非常严肃的事情，希望你能好好听我说，仔细听清楚。"

"好的。"

她单膝跪下，她的脸差不多正对着我的脸。她抓住我的肩膀，动作温柔而坚定。"詹姆斯，绝对不能告诉别人你能看见死人。绝对不能。"

"反正他们也不会相信我，你以前就不相信。"

"我相信你和其他人一样，"她说，"自从中央公园那次之后我就相信了，还记得吗？"她吹开刘海，"你当然记得了，怎么可能忘记呢？"

"我记得。"但我希望自己不记得。

她依然跪在地上，看着我的眼睛。"情况是这样：人们不相信你，这是件好事，但说不定哪天就会有某个人相信你。那样也许会引发不太好的传闻，或者让你陷入真正的危险。"

"为什么？"

"有句老话说得好，杰米，死人不说瞎话。他们能和你交谈，对吧？死去的男男女女。你说他们必须回答问题，必须诚实地回答你，就好像死亡是一剂硫喷妥钠[1]。"

我完全不知道那是什么东西，她肯定从我的表情中看了出来，因为她说别管那是什么，只需要记住这一事实：我问伯克特夫人她的戒指在哪儿时，她诚实地回答了我。

"那又怎么样呢？"我问。我喜欢和老妈靠得很近，但不喜欢她这么目光灼灼地盯着我。

"她的戒指很值钱，尤其是那枚订婚戒指。人们总是带着秘密死去，杰米，而永远有人想知道死人的秘密。我不想吓唬你，但有时候不吓唬你，你就记不住教训。"

就像中央公园的那个人，他教会了我要注意交通安全，骑车的时候一定要戴头盔——我这么想着，但没说出口。

"我不会告诉别人的。"我说。

"绝对不能说，除非是和我——要是非说不可的话。"

"好的。"

"那就好，咱们算是说定了。"

她站起来，我们去客厅看电视。一集《火炬木小组》看完，我刷牙，撒尿，洗手。老妈护送我上床，亲了亲我，然后说她总要说的那句话："做个好梦，睡个好觉，整张床和整条被子都是你的。"

在大多数夜晚，这都是我在第二天早晨之前最后一次见到她了。我听见她给自己倒第二杯（或者第三杯）葡萄酒时玻璃的碰撞声，随后她把爵士乐的音量调得非常低，开始审读底稿。但我猜老妈肯定有某种额外的感官，因为那天夜里她又回来了，坐在我的床上。也可能她只是听到了我的哭声，尽管我已经尽力把音量压到最低了——正如她同样经常说的那句话，最好成为解决方法的一部分，而不是问题的一部分。

---

1 可用作吐真剂。——译者注

"怎么了，杰米？"她抚摸我的头发，"想到葬礼了吗？还是今天看见的伯克特夫人？"

"妈妈，要是你死了，我会怎么样？必须去孤儿院吗？"毕竟我肯定不能和哈利舅舅一起住。

"当然不会了，"老妈继续抚摸我的头发，"杰米，这就是我们所说的无意义问题，因为我要过很久才会死。我才三十五岁，还有大半辈子没过完呢。"

"万一你得了哈利舅舅的那种病，必须和他一起住在那个地方呢？"泪水顺着我的面颊淌成了小河。她抚摸我的额头让我觉得好了一些，但同时也让我哭得更厉害了，天晓得为什么。"那地方好难闻，到处都是一股尿味！"

"这种事发生的可能性太小了，你把它放在一只蚂蚁旁边，蚂蚁看上去会像是哥斯拉。"她说。我不由得笑了，感觉也好了一点。长大以后，我知道她当时在骗我，或者得到了错误的信息，但哈利舅舅拥有的基因——早发型家族性阿尔茨海默病的基因——绕过了她，真是谢天谢地。

"我不会死的，你也不会死，我认为这种特殊能力很可能会在你长大之后消失。所以……感觉好点了吗？"

"好点了。"

"别哭了，杰米。做个好梦——"

"睡个好觉，整张床和整条被子都是你的。"我替她说完。

"对对对。"她亲了一下我的脑门，起身出去。和平时一样，她留了一小条门缝。

我不想告诉她，让我哭的不是今天的葬礼，也不是伯克特夫人，因为她并不吓人，绝大多数死人都不吓人。但中央公园骑车的那位老兄吓得我险些拉在裤子里，他都没个人样了。

5

　　我们开车行驶在第八十六大街上,前往布朗克斯区的波浪山公园,我有个幼儿园的伙伴今天过生日,要在那儿开一个盛大的生日派对。("就说怎么把孩子往坏里宠吧。"老妈说。)我把送莉莉的礼物装在裤兜里,老妈并过了几个车道,拐过一个弯,我们看见一群人站在马路中间。事故肯定刚发生不久。一个男人躺在地上,半个身子在路面上,半个身子在人行道上,身旁是一辆拧成麻花的自行车。有人用一件夹克衫盖住了他的上半身,他的下半身穿着侧面有红色条纹的黑色骑行短裤,腿上套着护膝。他的运动鞋上全是鲜血,短袜和腿上也有血。我们能听见警笛声逐渐接近。

　　站在他旁边的男人身穿同样的骑行短裤,腿上也套着护膝。他的白发上沾着血,他的脸从正中间凹陷下去,我猜就是那个部位撞在了路沿上。他的鼻子像是变成了两半,嘴巴也一样。

　　过往车辆纷纷停车,老妈说:"闭上眼睛。"她看的当然是躺在地上的那个男人。

　　"他死了!"我哭叫起来,"那个人死了!"

　　我们不得不停下来,因为另外几辆车挡在前面。

　　"不,他没死,"老妈说,"他睡着了,真的,有时候一个人被使劲一撞就会这样。他不会有事的,你就闭上眼睛吧。"

　　我没有闭上眼睛。被撞烂的男人举起手,朝我挥了挥。他们知道我能看见他们,他们总是知道。

　　"他的脸变成两半了!"

　　老妈又看了一眼,想确定我说的对不对。她看到夹克衫一直盖到那男人的腰部,于是说:"你别自己吓自己了,杰米。你就闭上——"

　　"他就在那儿!"我指给她看。我的手指在颤抖,整个世界都在颤抖。"就在那儿，站在他旁边！"

这一嗓子吓坏了她，我从她立刻抿紧嘴唇的样子看了出来。她用一只手按喇叭，另一只手放下车窗，朝前面的车辆挥手。"快走！"她喊道，"动起来！别盯着他看了，这他妈又不是演电影！"

他们动了起来，只有挡在正前方的一辆车除外。司机探出半个身子，正在用手机拍照。老妈摇上车窗，轻轻撞了一下他的保险杠，他朝老妈竖起中指。老妈倒车拐上另一个车道，绕了过去。我很希望我当时还了他一根中指，可惜我已经吓傻了。

老妈险些撞上迎面而来的一辆警车。她以最快速度驶向公园的另一侧，快要开出公园的时候，我解开了安全带。老妈朝我大吼，叫我扣回去，但我还是解开了。我放下身旁的车窗，跪在座位上，脑袋伸到车外，把胃里的东西全吐在了车身上。我实在忍不住了。等我们开到中央公园西街，老妈靠边停车，用衬衫的衣袖帮我擦脸。她后来或许还穿过那件衬衫，但就算她穿过，我也不记得了。

"天哪，杰米。你的脸色比纸都白。"

"我实在忍不住了，"我说，"我从没见过那样的人。他的鼻子都没了，骨头从里面戳出来——"说到这儿，我又吐了，不过这次大部分都吐在了路面上。另外，这一次的分量不大。

她抚摸我的脖子，有人（也许就是朝我们竖中指的那家伙）朝我们按喇叭，绕过我们的车，老妈只当他不存在。"亲爱的，那只是你想象出来的。他被衣服盖住了。"

"我说的不是躺在地上的那个人，是站在他身边的人。他朝我挥手了。"

她盯着我看了很久，似乎想说什么，但最后她只是扣上了我的安全带。"我看咱们就别去参加派对了，你觉得呢？"

"好，"我说，"反正我也不喜欢莉莉。讲故事的时候她偷偷掐我。"

我们掉头回家。老妈问我能不能喝得下热可可，我说能，于是我们一起坐在客厅里喝热可可。打算送莉莉的礼物还在我裤兜里，那是个穿水手服的小玩偶。第二个星期我把礼物送给了莉莉，她没有偷偷掐我，而是亲了我一口——就亲在嘴唇上。别人为此取笑我，但我一点也不在乎。

我们喝热可可的时候（她也许还在自己杯里加了点别的东西），老妈说："我怀孕的时候向自己保证过，我绝对不会骗自己的孩子，所以我要对你说实话。对，那个人多半是死了。"她停顿片刻，"不对，他就是死了。我猜就连骑行头盔都救不了他的命，更何况我没看见他戴了头盔。"

是的，他没戴头盔。因为假如他被撞的时候戴了头盔（我们后来得知，撞他的是一辆出租车），那么他站在自己尸体旁边的时候也应该戴着头盔。他们的打扮永远和去世时一模一样。

"但他的脸就完全是你想象出来的了，宝贝，你不可能看见。有人用一件夹克衫盖住了他。那是个真正的好心人。"

"他穿 T 恤，上面画着个灯塔。"我说。我想到了另一件事，尽管这只能稍微让人高兴一点，但经历了今天这种事，我觉得无论什么安慰你都愿意接受。"至少他年纪相当大了。"

"你为什么这么说？"她怀疑地看着我。回想起来，我猜她就是从那一刻开始相信我的——至少有一点相信了。

"他的头发是白的。当然了，沾上血的地方除外。"

我又哭了起来。老妈搂住我，轻轻地前后摇晃，我在她的怀里睡着了。想到吓人东西的时候，没什么比老妈陪在身旁更能安慰你了。

每天都会有人把《纽约时报》送到我家门口。老妈通常会穿着浴袍边吃早饭边看报，但中央公园出事的第二天，她看的不是报纸，而是一份正在审的稿件。吃完早饭，她叫我去穿衣服，我们好像出门兜了一圈环线，因此那天肯定是星期六。我记得我想到这一天是中央公园那个男人死后的第一个休息日，结果害得自己又难过了起来。

我照老妈的要求去换衣服，但趁她洗澡的时候溜进了她的卧室。《纽约时报》静静地躺在床上，我翻到讣告版面，看到了中央公园里那个男人的照片。他叫罗伯特·哈里森，名气大得足以登上报纸。我只有四岁，但已经有三年级的阅读水平了，老妈对此非常自豪。报道标题里没有我不懂的单词，我读到的文字是这样的：灯塔基金CEO死于交通事故。

　　在那之后，我还见过几次死人。有句老话说什么生死相伴，绝大多数人都不知道这个表述有多么正确。有时候我会告诉老妈，但大多数时候我没有说，因为我看得出她为此感到不安。直到伯克特夫人去世，老妈在壁橱里找到她的戒指，我们才重新谈起这个话题。

　　那天夜里，她离开我的房间后，我以为我会睡不着，就算睡着，也会梦见中央公园的那个男人，梦见他从中间裂开的脸和从鼻子里戳出来的骨头，要么就是老妈既躺在棺材里又坐在布道台下面的台阶上，而只有我才能看见坐着的她。不过要是我没记错的话，那天晚上我什么都没梦到。第二天早晨起床时我心情挺好，老妈心情也挺好，我们像平时心情好的时候那样有说有笑，她把我画的火鸡贴在冰箱上，然后使劲亲了它一大口，看得我咯咯直笑。她陪我走到学校，泰特夫人讲恐龙如何如何，生活回到和和美美的正轨上，就这么过了两年。直到某天，一切分崩离析。

6

　　老妈意识到情况有多么糟糕之后，我听见她打电话给她的编辑朋友安妮·斯特利，谈到哈利舅舅时，老妈说："他在变傻前就已经很傻了，但我现在才意识到。"

六岁的时候，我当然什么都不懂，但这会儿我已经快要九岁了。我明白她在说什么，至少能理解一部分。她的意思是，在早发型家族性阿尔茨海默病像夜贼似的侵蚀他的大脑之前，她的哥哥就把他自己（还有她）拖进了泥潭。

我当然同意她的说法了，她是我的老妈，一起对抗世界的是我们俩，一支两个人的队伍。我讨厌哈利舅舅，因为他害我们陷入了麻烦。直到后来，在十二或者十四岁的时候，我才意识到老妈也有一部分责任。她本来可以在还能脱身的时候及时脱身，但她没有付诸行动。她和创立了康克林文学经纪公司的哈利舅舅一样，对书籍知道得很多，但对金钱缺乏了解。

她甚至得到了两次警示，一次来自她的朋友利兹·达顿。利兹是纽约警察局的一名警探，也是雷吉斯·托马斯的罗阿诺克传奇系列的忠实粉丝。在为系列中的某本书举办的发布会上，老妈认识了她，两人一拍即合。这段关系的结局不怎么美妙，我会说到的，但不是现在。总而言之，利兹对老妈说，麦肯齐基金看上去太美好了，不可能是真的。这件事发生在伯克特太太去世前后，我不是很确定，但我知道肯定是在 2008 年秋天美国经济翻肚皮之前。我们的那一份钱也跟着打了水漂。

哈利舅舅以前常在第九十号码头（大型游艇都停在那儿）附近的一家高级俱乐部里打壁球。他的一个球友是百老汇制作人，这个人向他推荐了麦肯齐基金，还将其称之为印钞执照，哈利舅舅把这些话当真了。他也没有理由怀疑，那个球友制作了一万部音乐剧，在百老汇和全国各地上演了一万年，版税滚滚而来（我很清楚版税是什么，我毕竟是文学经纪人的儿子）。

哈利舅舅去查了查，和一个为基金会做事的大蟑螂聊了聊（但不是和詹姆斯·麦肯齐本人，因为哈利舅舅在这种惊世大骗局里只是个小蟑螂），投了一大笔钱进去。回报非常丰厚，于是他继续投钱，没完没了地投。他得了阿尔茨海默病后（他恶化的速度非常快），老妈接管了他的所有账户，麦肯齐基金同样征服了她。她投了更多的钱进去。

当时为公司处理财务的律师叫蒙蒂·格里沙姆，他提醒老妈不要继续投钱了，还建议她趁情况良好时尽早抽身。这是她得到的第二个警示，就在她接管康克林文学经纪公司后不久。他还说，假如一件事情美好得不像真的，那就多半不是真的。

我说的都是通过点滴细节（例如我偷听到的老妈和编辑朋友聊天的内容）拼凑出来的事情原委。我相信你肯定明白发生了什么，也相信你不需要我来说明，麦肯齐基金其实是个超大号的庞氏骗局。麦肯齐和他那伙快乐的大盗贼骗来亿万美金，把利率相当高的利息还给投资人，但把大部分本金揣进了自己的腰包。他们继续拉新的投资人入伙，对每一个人说你是多么特殊，只有被选中的少数人才有资格进入基金会，雪球就这么越滚越大。后来大家发现，被选中的少数人其实数以千计，从百老汇制作人到有钱寡妇不一而足，这些人的共同点是都在一夜之间变得不再有钱。

这么一个骗局依赖于投资人对回报心满意足，不但会把初始本金留在基金里，而且还会继续投钱。基金有段时间运转得挺好，然而在2008年经济崩溃时，几乎所有投资人都想把钱取回来，但钱早就不在了。与庞氏骗局之王麦道夫[1]相比，麦肯齐的盘子小得可怜，不过他偷钱的本事足以和老伯尼[2]相提并论。他吸纳了两百多亿美元，可是账户上只有微不足道的一千五百万。他进了监狱，这当然很好，但正如老妈有时候说的："粗麦没法填肚子，报复不能付账单。"

---

1 前纳斯达克主席，曾因设计一个庞氏骗局，令投资者损失超过五百亿美元。
2 麦道夫的昵称。——译者注

麦肯齐出现在所有新闻频道和《纽约时报》上时，老妈对我说："我们没事，真的没事。别担心，杰米。"但她的黑眼圈说明她非常担心，而且有许多理由让她不得不担心。

这是我后来发现的情况：老妈能动用的财产只有二十万美元，而且其中还包括她和我的保险单。至于她账本负债一侧的数字，那叫一个惨不忍睹。总之你记住，我们的公寓在公园大道，经纪公司的办公室在麦迪逊大道，而哈利舅舅所生活的特别养护养老院（"前提是你能管那样活着叫生活。"我记得老妈这么评论过）在庞德里奇[1]——名字有多贵气，实际上就有多么烧钱。

老妈首先关闭了坐落在麦迪逊大道的办公室。她在公园大道的公寓里办公，又坚持了一段时间。她兑现了我前面提过的保险单，连她哥哥的也一起兑现了，接着她用得到的钱预付了房租，但这点现金只坚持了八到十个月。她把哈利舅舅在斯宾昂科的房子租了出去，卖掉了路虎车。（"咱们住在城里，杰米，反正也不需要开车。"她说。）她还卖掉了一批首版珍本书，其中包括托马斯·沃尔夫的签名本《天使望故乡》。她抱着这本书哭了很久，说连应有的一半售价都没卖到——珍本书市场也完蛋了，因为有很多卖家像她一样急需现金。我们的安德鲁·韦思油画也卖掉了。她每天都在咒骂詹姆斯·麦肯齐是小偷，是强盗，是狗娘养的，是会用两条腿走路的流血痔疮。有时候她也咒骂哈利舅舅，说今年年底他就只能住在垃圾箱背后了，而他活该去那儿待着。后来（倒也算是公平）她也咒骂自己，因为她没有听从利兹和蒙蒂的劝告。

一天夜里她对我说："我觉得我就像那只蚂蚱，一整个夏天只顾着玩，没做任何正经事。"我记得那是 2009 年的 1 月或 2 月。当时利兹偶尔会在我们家过夜，但那天夜里她不在。也许就是在那个晚上，我

---

1 庞德里奇（Pound Ridge）直译为"英镑岭"。——译者注

第一次发现老妈漂亮的红头发里有了几根白发。我之所以记得这个细节，也许是因为她随后哭了起来。这次轮到我安慰她了，尽管我只是个小孩子，不怎么会安慰人。

那年夏天，我们搬出了公园宫殿，住进了第十大道一套比较小的公寓。"不算太差劲，"老妈说，"而且价钱很合适。"但她又说："要我搬出城区，还不如弄死我算了，那就等于摇白旗投降。客户会抛弃我的。"

经纪公司也跟着我们搬家了。要不是情况这么让人绝望，办公室所在的房间应该是我的卧室。现在我的卧室是厨房里一个凹进墙壁的小空间，夏天热，冬天冷，但至少味道挺好闻。我猜那儿原先是储藏食物的地方。

她把哈利舅舅送进了贝永的一家看护机构。关于那地方，我说得越少越好。我猜唯一的好处在于，可怜的哈利舅舅反正也不知道他在哪儿，就算他在比弗利希尔顿酒店，他也一样会尿在裤子里。

关于2009年和2010年，我印象深刻的事情还有这么几件：老妈不再做发型了；她不再和朋友在外面吃饭，只在迫不得已的情况下和经纪公司的客户一起吃饭（因为付账的永远是她）；她不再买很多新衣服了，就算买也是去折扣店买；她喝的酒多了起来——多得厉害。有些夜晚，她和她的好朋友利兹（就是我说过的那位雷吉斯·托马斯书迷和纽约警察局警探）会一起喝个酩酊大醉。第二天老妈会眼睛充血，脾气暴躁，穿着睡衣在办公室里晃悠。有时候她会唱："屎烂的日子在重临人间，该死的天空又变得阴沉。"碰到这种日子，去上学算是一种解脱——当然是公立学校了，我上私立学校的日子已经结束。谢谢你，詹姆斯·麦肯齐。

这一大片乌云里偶尔也有几缕阳光。珍本书市场确实进了下水道不假，但人们又开始读普通书了——读小说是为了逃避现实，读心灵鸡汤是因为，咱们面对现实吧，在2009年和2010年，许多人需要用一杯鸡汤温暖心灵。老妈向来热爱悬疑小说，自从接管哈利舅舅的生意之后，她就在稳步夯实康克林文学经纪公司在这个领域内的根基。她签了十位或者十二位悬疑作家，他们算不上大红特红的领军人物，但百分之十五的版税足以让我们支付房租，并且保证新家不断电了。

另外，她还有简·雷诺兹，一位北卡罗来纳州的图书馆馆员。她的小说（一本悬疑小说，名叫《鲜红死神》）从天而降，老妈被它迷得都快发疯了。在决定由谁出版的拍卖会上，所有大型机构都下场角逐，版权最终以两百万美元售出，这里面有三十万美元归我们。老妈的脸上终于又有了笑容。

"咱们用不了多久就能搬回公园大道，"她说，"咱们需要费很大力气才能爬出哈利舅舅挖的这个坑，但咱们肯定能做到。"

"我其实不怎么想搬回公园大道，"我说，"我挺喜欢这儿的。"

她笑着拥抱我。"你是我最爱的小子，"她把我推到一臂之外，仔细打量我，"不过现在没那么小了。孩子，知道我是怎么希望的吗？"

我摇摇头。

"我希望简·雷诺兹能每年写出一本书，还希望《鲜红死神》的电影能拍出来。不过就算这两个愿望都没能实现，咱们还有亲爱的老雷吉斯和他的罗阿诺克传奇系列呢。他是咱们皇冠上的宝石。"

可惜《鲜红死神》是暴风雨来临前的最后一缕阳光。电影没能拍成，竞拍的出版商看走了眼——这种事时有发生。这本小说一败涂地，尽管没影响我们挣钱（版税是预付的），但几件倒霉事接踵而至，三十万美元像风中沙似的瞬间消失。

首先，老妈的智齿出毛病，被感染了。她不得不把这几颗智齿全部拔掉。这已经很糟糕了。接着，哈利舅舅，麻烦精哈利舅舅，还不到五十岁，却在贝永一跤摔了个颅骨骨折。这就更糟糕了。

老妈和帮她处理图书合同的律师谈了谈（为此被吃掉了好大一口顾问费），他推荐了一位专攻责任与过失诉讼的律师。那位律师说我们的案子稳赢不输，也许确实如此，但案子离法庭还有一万八千里的时候，贝永的那家机构就宣布破产了。从头到尾挣到钱的只有那位专打失足摔跤官司的炫酷律师，他的银行账户里多了将近四万美元。

一天晚上，老妈和利兹·达顿喝到第二瓶红酒时，她抱怨道："那些计费小时数简直是鬼扯。"利兹大笑，因为那四万美元不是她的。老妈大笑，因为她喝醉了。只有我不觉得有任何值得高兴的地方，因为需要我们掏腰包的不只是律师费，还有哈利舅舅的医疗费。

雪上加霜的是，国税局找上了老妈，要她清偿哈利舅舅欠下的税款。他一直在拖延交钱给我的另一位长辈——山姆大叔[1]，好把更多的钱投入麦肯齐基金。雷吉斯·托马斯成了我们唯一的希望。

皇冠上的宝石。

7

随后发生的事情是这样的。

那是 2009 年秋天，奥巴马还是总统，经济在缓慢复苏，但对我们来说并非如此。当时我在上三年级，皮尔斯小姐叫我去黑板上解一道分数题，因为我很擅长这些破玩意儿。我七岁的时候就会算百分比了——我老妈是文学经纪人，没忘记吧？其他孩子在我背后闹腾，因为这天介于感恩节和圣诞节之间，在学校待着很有盼头。这道题就像黄油放在热吐司上似的迎刃而解，我正在写答案的时候，助理校长埃尔南德斯先生把脑袋探进门里。他和皮尔斯小姐压低声音谈了几句，

---

1 美国的代称。

他离开后，皮尔斯小姐叫我去走廊里。

老妈在走廊里等我，她的脸色比牛奶还白——就像是脱脂牛奶一样。我首先想到的是哈利舅舅（他的脑袋上现在镶了块钢板，用来保护他毫无用处的大脑）去世。尽管说来冷血，但真要那样就好了，因为他的去世能给我们削减开销。于是我这么问她，她却说哈利舅舅挺好。当时他住在皮斯卡塔韦的一家低档养老院里——他一直在向西迁移，就像什么脑死亡的倒霉拓荒先锋。

没等我继续提问，老妈就拉着我穿过走廊出门了。一辆福特轿车停在路边的黄色区域里，家长们每天早晨在这片区域放孩子下车，每天下午又在同样的地点接孩子上车。福特车的仪表盘上搁着一盏警灯，一个人身穿蓝色风雪衣站在车旁，衣服的胸口印着"纽约警察局"的字样，这个人是利兹·达顿。

老妈拉着我走向轿车，但我忽然站住，逼着她停下。"到底怎么了？"我问，"告诉我！"我没哭，但眼泪快出来了。自从麦肯齐基金出事以来，坏消息已经够多的了，我觉得再来一个就足以打倒我，然而我居然承受了下来。雷吉斯·托马斯去世了。

我们的皇冠失去了那颗宝石。

8

我必须在这儿停一下，讲讲雷吉斯·托马斯这个人。老妈说过，大多数作家都古怪得像是会在黑暗中发光的粪球，而托马斯先生则是个中翘楚。

他去世时，罗阿诺克传奇（这是他给小说起的系列名）由九部小说组成，每一本都厚如砖头。"老雷吉斯喜欢把盘子里堆得高高的。"老妈有一次这么说。我八岁时，从老妈办公室的书架上抽出系列第一部《罗阿诺克的死亡沼泽》读了起来。我读得很顺畅，因为我擅长阅读，就像我擅长数学和看见死人一样（既然是真的，那就不算自我吹嘘了）。另外，《罗阿诺克的死亡沼泽》又不是什么《芬尼根的守灵夜》[1]。

我的意思不是这本书写得很糟糕，请不要误会，这位老兄确实会讲故事。书里有很多冒险情节，有很多吓人场景（尤其是在死亡沼泽里），有被埋藏的财宝，还有相当热辣的性爱充当佐料。我从书里知道了69的真实含义，一个八岁的孩子似乎不该懂这么多。我还从书里知道了另外一件事，但直到后来我才把它跟现实生活联系到一起，那件事和老妈的朋友利兹经常在我家过夜有关。

我记得《罗阿诺克的死亡沼泽》里每隔五十来页就有个性爱场景，其中之一发生在一棵树上，饥饿的鳄鱼在底下爬来爬去。这根本就是《罗阿诺克的五十度灰》。青春初期的时候，是雷吉斯·托马斯教会了我打手枪，要是你觉得我分享过度了，那就受着吧。

这一系列小说确实堪称传奇，九本书讲述了一个连贯的故事，主要角色反复出现，包括有着金发和会笑眼睛的强壮男人、眼神鬼祟且不值得信赖的男人、高贵的印第安人（在后面几本书里变成了高贵的美洲原住民）和胸部高耸而坚挺的美貌女人。所有角色无论是好人还是坏人，无论胸部是否坚挺，都每时每刻准备好了来一发。

诱使读者一次次重返罗阿诺克传奇系列的核心（当然，除了决斗、谋杀和性爱）是一个巨大的秘密，正是这个秘密导致了罗阿诺克的殖民者的消失。是头号反派乔治·思雷德吉尔的错吗？那些殖民者死了吗？罗阿诺克地下真的有一座充满古代智慧的古城吗？马丁·贝坦科

---

1 爱尔兰作家詹姆斯·乔伊斯的最后一部长篇小说，由梦呓组成，主要内容都融合在以主人公为主的一夜的噩梦之中，无情节可言。

尔特在断气前说的"时间是关键"代表着什么？刻在无人定居点的栅栏上的神秘词语"croatoan"究竟是什么意思？几百万读者渴望知道这些问题的答案。未来的读者也许会觉得难以置信，不过我的回答很简单：去找朱迪丝·克兰茨或哈罗德·罗宾斯的书看一看，也有几百万读者沉迷于他们的作品呢。

雷吉斯·托马斯所写的角色是典型的心理投射，说是满足他的内心愿望也行。他是个矮小枯瘦的男人，每一张作者照片都需要精修，让他的脸看上去没那么像女用皮包。他不来纽约是因为他不能来。尽管他专门写无所畏惧的男人在致命沼泽里披荆斩棘、决斗厮杀以及在星空下做爱，他本人却是个有广场恐惧症[1]的独居单身汉。他对他的作品多疑得难以置信（这是老妈的原话），在完稿前没人能见到底稿。他的前两本书取得了万众瞩目的成功，上市后的几个月内都在畅销书榜单上名列前茅，在这之后，就连编辑也无法在他完稿前看到底稿了。他坚持他怎么写就怎么出版，连一个字都不能改，就好像他的书是用黄金写的一样。

他不是一年写一本书的那种作家（那可是文学经纪人的黄金城），但他相当可靠，每隔两三年，书名里有"罗阿诺克"这四个字的小说就会多一本。他的前四本书是在哈利舅舅手上出版的，后五本则由老妈负责出版，其中包括《罗阿诺克的鬼姑娘》，托马斯声称这是罗阿诺克传奇系列的倒数第二本。他保证将在系列最后一部解答所有的疑问，自从第一支探险队走进死亡沼泽，他的忠实读者们就一直在问这些问题。最后一部将是系列中最长的一本，估计会有七百页（出版商在买版权的时候会为此多付一两美元的小钱）。老妈某次前往纽约北部他的居所拜访他时，他私下里告诉她说，等罗阿诺克和它所有的谜题都入土为安后，他打算以玛丽·赛勒斯特号为主题，开一个新的多卷本

---

1 焦虑症的一种，其特征是人们认为环境不安全并且不容易逃离，因而产生焦虑症状。

系列。

一切听上去都非常美妙，但最后这部传世巨著才写了三十几页，他就一头栽倒在写字台上死了。出版商预付了他了不起的三百万美元，但交不出书就必须返还预付金，分给我们那一份也不例外。可是我们的那一份不是已经花掉了就是有了确定的去处。你也许已经猜到了，这下就轮到我出场了。

好了，言归正传。

9

我们走向那辆无标记的警车（我知道这是一辆警车，我见过它许多次了，它总是停在我们家那栋楼前，"警察执行公务中"的牌子搁在仪表盘上），利兹拉开风雪衣的一侧，给我看她的空枪套。这是我和她之间的一个玩笑。"枪支不得出现在我儿子周围"，这是老妈雷打不动的戒律。利兹只要戴着枪套就会给我看里面是空的，我在我们家客厅的咖啡桌上见过许多次这个空枪套——也在老妈卧室里她不睡的那一侧的床头柜上见过，九岁的我已经很清楚那意味着什么了。在《罗阿诺克的死亡沼泽》里，劳拉·古德休和纯儿·贝坦科尔特之间有一些热气腾腾的戏码，后者是马丁·贝坦科尔特的遗孀（纯就不见得有多纯了）。

"她来干什么？"上车的时候我问老妈。利兹就在旁边，我猜这么问很不礼貌，甚至有点粗鲁，但我刚被老妈从课堂上叫出来，还没出学校她就告诉我，我们的饭票作废了。

"上车吧，冠军，"利兹总是叫我冠军，"别浪费时间。"

"我不想走。今天午餐吃炸鱼柳。"

"不，"利兹说，"咱们要吃皇堡加薯条。我请客。"

"上车吧，"老妈说，"杰米，求你了。"

于是我坐进了后座。地上有两团塔可贝尔[1]的包装纸，车里有一股微波炉爆米花的味道。车里还有另一种气味，我们去哈利舅舅住的几家养老院探望过他，这种气味在我脑海里与探望舅舅建立了联系。不过至少前排和后排之间没有铁丝网，就像我在老妈喜欢的警匪电视剧里看见的那样（她是《火线》的爱好者）。

老妈坐进副驾驶座，利兹开车。她在第一个红灯前停车，打开了仪表盘上的警灯。警灯闪烁起来，尽管利兹没拉警笛，但车辆纷纷让路，我们一转眼就上了罗斯福东河公园大道。

老妈转过来，从座位之间望着我，她脸上的表情让我有点害怕。她显得非常绝望。"杰米，他有可能在家里吗？我知道他的尸体已经运往停尸房或殡仪馆了，但他会不会还在家里？"

我并不知道这个问题的答案，但我没有这么说，事实上，我什么都没说。我惊呆了，觉得自己受到了伤害，也许还很生气。我不记得我究竟生不生气了，但惊讶和受伤的心情我记得非常清楚。她命令我不许告诉别人我能看见死人，所以我没有告诉过别人，然而她却食言了。她告诉了利兹，所以利兹才会在场，她很快就会用仪表盘上的警灯清出一条道路，载着我们开上史布兰溪公园大道。

最后我问："她知道多久了？"

我在后视镜里看见利兹朝我使了个眼色，就是"咱们有个秘密"的那种眼色。我不喜欢这样，这个秘密应该只属于老妈和我两个人。

老妈从座位之间伸出胳膊，抓住我的手腕。

她的手很冷。"先别管这个，杰米，告诉我他有没有可能还在

---

1 成立于 1962 年的连锁式快餐店，出售美国化的墨西哥食品。

家里。"

"应该还在，假如他就死在那儿。"

老妈松开我的手，命令利兹开快点，但利兹摇摇头。

"这可不是个好主意，咱们说不定会碰到其他的警车，他们会问发生了什么大事。难道我能说我们必须赶在一个死人消失前和他聊聊吗？"从她说话的方式我看得出，老妈告诉她的话她连一个字都不信，她只是在哄老妈高兴，陪老妈疯一疯而已。我倒是无所谓。至于老妈，我觉得她根本不在乎利兹怎么想，只要利兹能尽快送我们去哈得孙河畔克罗顿村就行。

"那就以你最快的速度开吧。"

"收到，蒂蒂。"我一直不喜欢她这么叫老妈，我班上有些孩子要去上厕所就会说他要去蒂蒂，但老妈似乎并不在意。就算利兹那天叫她大奶邦尼，她大概也不会在意，甚至都未必会注意到。

"有些人能保守秘密，有些人不能。"我说。我忍不住要这么说，因为我确实很生气。

"闭嘴，"老妈说，"现在不是你生闷气的时候。"

"我没生闷气。"我气呼呼地说。

我知道她和利兹很亲密，但她和我应该更亲密才对。她和利兹半夜在床上爬完雷吉斯·托马斯所说的"激情长梯"，把我们家最大的秘密告诉对方之前，她至少应该问我一声的。

"小子，我看得出你很不高兴，以后随便你怎么骂我都行，但这会儿我需要你。"她说得像是忘记了利兹也在车上，但我能在后视镜里看见利兹的眼睛，我知道每个字她都听得一清二楚。

"好的，"她让我有点害怕，"老妈，别激动。"

她抬起手捋了一把头发，撩开碍事的刘海。"这不公平。咱们已经遇到了那么多坏事……难道就没个完了吗……这也太他妈过分了！"她揉了揉我的头发，"你没听见。"

"不，我听见了。"我还在生她的气，但她说得对。还记得我说我的生活就像狄更斯小说，只是多了些骂人话吗？你知道人们为什么会读那样的书吗？因为倒霉事没有发生在他们身上，他们太他妈幸运了。

"我这两年一直在拿账单变戏法，一张都不敢漏掉。有时候我必须放开金额比较小的，先付金额比较大的，有时候我必须放开比较大的，先付几张比较小的，但咱们家一直有电，一顿饭都没少过。对吧？"

"对对对。"我以为这样说能让她笑一笑，但她没有笑。

"但现在……"她又揪了一把刘海，结果头发拧成了一团，"现在十几张账单同时到期，该死的国税局领着一群狼要扑上来。我就快淹死在赤字的海洋里，指望着雷吉斯能救我一命。结果这个狗娘养的居然死了！才五十九岁！一个人既不超重一百磅[1]，也不吸毒，怎么可能五十九岁就死？"

"得癌症？"我说。

老妈眼泪汪汪地嗤笑一声，又揪了一把她可怜的刘海。

"放松，小蒂。"利兹喃喃道。她把手掌放在老妈的脖子上，但我觉得老妈根本没感觉到。

"这本书能救咱们。这本书，就是这本书，只有这本书。"她狂笑一声，我更加害怕了，"我知道他只写了几章，但其他人都不知道这件事。他在哈利生病前只和哈利一个人说话，现在这个人变成了我。杰米，他不写大纲，不做笔记，他说那么做是在给创作过程穿拘束衣。再说了，他也不需要那些东西。他永远知道接下来该怎么写。"

她再次抓住我的手腕，抓得非常用力。当天晚上，我看见自己的手腕上出现了淤青。

---

1 1 磅约合 0.454 千克。

"他现在说不定依然知道。"

10

我们开进塔里敦的汉堡王汽车餐厅，我得到了利兹答应过的皇堡，还有巧克力奶昔。老妈不想停车，但利兹坚持要歇一歇。"他正在长身体，小蒂。就算你不需要吃东西，他也需要吃一点。"

我喜欢她的这个方面，还喜欢她的另外一些方面，但她身上也有一些我不喜欢的地方——比较重要的一些地方。我会说到的，非说不可，但这会儿暂且说我对纽约警察局二级警探伊丽莎白[1]·达顿的感觉很复杂吧。

车开到哈得孙河畔克罗顿村之前，她还说了一件事，我必须提一提。她只是在没话找话，但这件事后来（对，我知道，又是这个词）变得非常重要。利兹说锤神终于杀人了。

过去几年里，这个自称锤神的男人时不时就会登上当地新闻，纽约一台对他的报道尤其多，老妈做晚饭的时候总在看这个频道（假如那天出了什么有意思的事情，我们连吃饭的时候也会看）。锤神的"恐怖统治"——谢谢你，纽约一台——从我出生前就开始了，他算是某种都市传奇。你明白的，就像瘦长鬼影[2]和铁钩船长那样，只不过他玩的是爆炸物。

"谁？"我说，"他杀了谁？"

"还有多久能到？"老妈问。她对锤神不感兴趣，她有更重要的事

---

1 利兹的全称。
2 一个虚构的超自然人物。在传说故事中，他跟踪、绑架或伤害人类，特别是儿童。

要操心。

"有个人犯了个错误，他想使用曼哈顿所剩无几的电话亭中的一个，"利兹没有理会老妈，"拆弹组认为，他刚拿起话筒，炸弹就爆炸了。两条炸药——"

"咱们非得聊这个吗？"老妈问，"为什么每个路口都是红灯？"

"两条炸药用胶带粘在人们放零钱的小架子底下，"利兹不为所动，继续道，"不得不承认，锤神是个脑子很好使的杂种。局里这次又要组建特别工作组了，这将是自 1996 年以来的第三次，我打算试着挤进去。上次的工作组里有我，所以我有机会，我还想挣点加班费。"

"绿灯了，"老妈说，"走吧。"

利兹向前开去。

11

我正在吃最后几根薯条（已经凉了，但我不在乎）的时候，车拐上了一条名叫卵石巷的断头小路。地上以前也许铺过鹅卵石，但现在只是平整的沥青路面了，小路尽头的房子名叫卵石村舍。这是一栋石砌大宅，有漂亮的木雕百叶窗，房顶上长满青苔。你没看错，就是青苔。很疯狂，对吧？大宅有一道铁门，但门开着，门柱上钉着告示牌。和房子一样，门柱也是用灰色石块砌成的。一块牌子上写着"请勿擅闯，我们懒得藏尸体"，另一块牌子上画着一条咆哮的德国牧羊犬，底下的文字是"内有恶犬"。

利兹停下车，望向老妈，挑起眉毛。

"雷吉斯只埋过一具尸体，是他的宠物鹦鹉弗朗西斯，"老妈说，"以探险家弗朗西斯·德雷克爵士命名。他从来没养过狗。"

"因为他对狗过敏。"我坐在后座上说。

利兹开到门前停下，关掉仪表盘上闪烁的警灯。"车库门关着，我没看见有车。里面有人吗？"

"没人，"老妈说，"发现尸体的是管家奎尔太太，她的名字是达维娜。她，加上一个兼职园丁，就是所有的帮工了。她是个好人，打电话叫救护车之后立刻打给了我。她叫了救护车，所以我问她确不确定他死了，她说确定，因为她来伺候雷吉斯前在一家养老院工作过，但就算死了，人还是必须先去医院。我说等尸体运走，她就可以回家了。她受了很大的惊吓，说要找弗兰克·威尔科克斯，替雷吉斯管理生意的人，我说我会负责联系他。到时候我会的，但上次我和雷吉斯打电话的时候，他说弗兰克和妻子去希腊了。"

"媒体呢？"利兹问，"他毕竟是个畅销书作家。"

"我的天，我不知道。"老妈疯狂地扫视周围，像是以为会看见记者藏在树丛里，"我一个也没看见。"

"他们也许还不知道，"利兹说，"要是他们在警方频道里听见消息，知道了这件事，他们会先去找警察和开救护车的。尸体不在这儿，因此新闻也不在这儿。咱们还有时间，所以你冷静一下。"

"我正在和破产大眼瞪小眼，我哥哥很可能还要在养老院里住三十年，我儿子长大了多半要上大学，所以我怎么可能冷静下来。杰米，你看见他了吗？你知道他长什么样子，对吧？告诉我，你看见他了。"

"我知道他长什么样子，但我没有看见他。"我说。

老妈哀叹一声，用掌根猛拍她拧成一团的可怜刘海。

我伸手去抓门把手，却吃惊地发现后排没有门把手。我请利兹让我下车，她打开车门，我们一起下车。

"先敲门，"利兹说，"要是没人在家，咱们就绕到后面，把杰米抱起来，让他往窗户里面看。"

我们可以这么做，因为百叶窗（上面雕着各种精致的小玩意儿）全都是打开的。老妈跑上台阶去试着开门，一时间只剩下了我和利兹两个人。

"你不会真的以为你能看见死人吧，冠军，就像电影里的那个小孩一样？"

我不在乎她相不相信，但她的语气激怒了我，就好像这件事只是个大笑话。"老妈跟你说了伯克特太太的戒指的事情，对吧？"

利兹耸耸肩。"多半只是瞎猫撞上了死耗子。来这儿的路上你不会凑巧也见到了一两个死人吧？"

我说没有，但你很难分辨一个人究竟是死是活，除非和他们交谈……或者他们和你交谈。有一次我和老妈坐在公共汽车上，我看见一个女孩，她手腕上的刀口深得像是戴着红色手镯。我很确定她死了，但她不像中央公园那位老兄那么吓人。就在同一天，我们开车出城的路上，我看见一个身穿粉色浴袍的老太太站在第八大道的路口，头上插着卷头发的那种东西。红灯转绿之后，她还是站在原处东张西望，像个游客。她有可能是死人，但也可能只是个满街乱走的活人，老妈说在她不得不把哈利舅舅送进第一家养老院之前，他偶尔就会在街上那么乱走，有时候甚至只穿睡衣。老妈还说在哈利舅舅变成这样以后，她就不再奢望他的情况会好转了。

"算命的经常会瞎猫撞上死耗子，"利兹说，"有句老话怎么说的来着，不走的钟每天还会对两次呢。"

"所以你认为老妈发疯了，而我在帮她发疯？"

她大笑。"冠军，你这是在推我进火坑。不，我不这么认为。我认为她很绝望，正在拼命抓住一根救命稻草。你知道我是什么意思吧？"

"知道。你认为她疯了。"

利兹又摇摇头，这次多了些同情。"她在承受巨大的压力，我完全理解。但编造不存在的东西并不能帮助她，我希望你能理解这一点。"

老妈回来了。"没人应门，门锁着。我试过了。"

"好的，"利兹说，"咱们去隔窗偷窥。"

我们绕着房子走。我能从餐厅的窗户看见里面，因为餐厅装的是落地窗，但其他窗户对我来说就太高了。利兹用双手把我托上去往里看。我看见宽敞的客厅，里面有宽屏大电视和许多高级家具。我看见餐厅，餐桌的长度足以坐下整个大都会队的先发球员，挤一挤说不定连候补投手都能坐下。对一个讨厌人群的人来说，这太疯狂了。我看见老妈称之为小客厅的房间，绕到房子后面又看见了厨房。这些房间里都没有托马斯先生的踪影。

"他也许在楼上。我没上过楼，但也许他死在床上……或者卫生间……他也许还在……"

"我猜不会是死在了宝座上，就像猫王那样，但这种可能性永远存在。"

我忍不住笑了，管马桶叫宝座永远能逗我发笑，直到看见老妈的脸色我才停下。事态严重，而她正在丧失希望。有一扇后门通往厨房，她抓住门把手试了试，但后门和前门一样上了锁。

她转向利兹。"也许咱们能……"

"你想都别想，"利兹说，"小蒂，咱们不能闯空门。我和局里的问题已经很多了，要是触发一位刚去世的畅销书作家的警报系统，等布林克或安达泰[1]的相关人员赶到，就算我费尽唇舌向他们解释，你说会有什么结果？另外，本地的警察也随时可能出现。说到警察……他是独自死去的，对吧？发现尸体的是管家？"

---

1 两者均为美国私人安保公司。

"对，奎尔太太。她打电话给我，我跟你说过——"

"警察会找她问情况的，说不定这会儿正在问呢，法医也可能会找她。我不知道韦斯特切斯特县走的是什么流程。"

"因为他是名人？因为他们认为他有可能死于谋杀？"

"因为这是制度。另外，对，我猜也因为他是名人。重点在于，他们赶到的时候，我希望咱们已经走了。"

老妈的肩膀沉了下去。"什么都没有，杰米？没看见他？"

我摇摇头。

老妈叹了口气，望向利兹。"也许咱们可以去看看车库？"

利兹耸耸肩，意思是你说了算。

"杰米，你说呢？"

我想象不出托马斯先生为什么会待在车库里，但我猜这种可能性永远存在，也许他有一辆心头爱车呢。"反正来都来了。去看看也没什么不好。"

我们走向车库，但我很快就停下了。托马斯先生家的游泳池放干了水，另一侧有一条砾石小径。小径两侧种着树，不过时值深秋，树叶差不多全掉光了。我能看见一栋绿色小楼，我指着那儿问："那是什么？"

老妈猛拍她的脑门，我希望她别把自己拍出脑瘤或者其他毛病来。"我的天，林中小筑！我怎么会没有立刻想到那儿？！"

"那是什么？"我问。

"他的书房！他码字的地方！只要他还在这个世界上，那就肯定在那儿！快来！"

她抓住我的手，拖着我绕过游泳池的浅水区一头，跑到砾石小径的起点时，我突然停下了。老妈继续向前跑，要不是利兹扶住了我的肩膀，我多半会被她拽个嘴啃泥。

"老妈！老妈！"

她转过身，一脸不耐烦。不，这个词不足以形容她的模样，她看上去已经半疯了。"快走！我说过了，只要他还在，就肯定在这儿，一定是这儿！"

"小蒂，你必须冷静一下，"利兹说，"咱们去看看他的写作小屋，然后我觉得咱们就该走了。"

"老妈！"

老妈不理我，她哭了起来——她几乎从没哭过。得知国税局要她缴多少钱的那天，她没有哭，而是用拳头猛捶桌子，说他们是一伙吸血的杂种，但这会儿她哭了。"你想走就走吧，但我们要留在这儿，直到杰米确定看不到他为止。跑这一趟对你来说大概只是个快乐郊游，哄一个疯女人开心——"

"你这么说太不公平了！"

"但我在说的是我的整个人生——"

"我知道——"

"还有杰米的人生，还有——"

"老妈！"

作为一个孩子，一件很糟糕的（也许是最糟糕的）事情就是成年人会把你当空气，只顾着发泄自己的怒火。"老妈！利兹！你们两个！都闭嘴！"

她们两个都停下了，一起望向我。我们三个人，两个女人和一个穿纽约大都会队帽衫的男孩，就这么站在一个抽干水的游泳池旁，头顶着11月的阴沉天空。

我指着通往林中小筑的砾石小径，托马斯先生在那栋小楼里写出了他的罗阿诺克传奇系列。

"他在那儿。"我说。

12

他走向我们，我并不吃惊。大多数人刚死时都会被活人吸引，就像虫子之于灭蚊灯。这么说有点可怕，但我只能想到这个比喻了。另一方面，就算我不知道他已经死了，这会儿也肯定知道了——从他的穿着就可以看出来。那天冷飕飕的，但他身穿纯白色的T恤、宽松的短裤和老妈称之为"耶稣鞋"的系带凉鞋。除了这些，他身上还有一件奇怪的东西：一根黄色绶带，上面别着一条蓝色勋带。

利兹对老妈说那儿没人，我只是在装样子，但我没去管她。我挣脱老妈的手，走向托马斯先生。他停下了。

"你好，托马斯先生，"我说，"我是杰米·康克林，蒂亚的儿子。我和你没见过面。"

"唉，算了吧。"利兹在我背后说。

"安静。"老妈说，但利兹的怀疑肯定感染了她，因为她问我确不确定托马斯先生真的在这里。

我也没搭理她。我对他身上的那根绶带很好奇，因为他去世的时候还戴着它。

"我坐在写字台前，"他说，"我写作的时候总是戴着绶带。那是我的幸运符。"

"那条蓝色勋带是什么？"

"我上六年级的时候参加地区拼写大赛的奖品。我赢了另外二十所学校的孩子。虽然我在州级比赛里输掉了，但地区比赛给了我这条蓝色勋带。我老妈做了这根绶带，把勋带别在上面。"

要我说，我认为他到现在还戴着这根绶带真的很奇怪，因为六年级对托马斯先生来说肯定是一百万年前的往事了，但他说这话的时候既不尴尬也不害羞。有些死人还能感觉到爱，还记得我说伯克特太太亲吻伯克特先生面颊的事吧？他们也能感觉到恨（还好我及时发现了），但除此之外的大部分情绪似乎会随着他们的去世而消亡。即便是爱，我也一直觉得不是那么强烈。尽管我不想这么说，但事实上恨总是更加强烈，持续得也更久。我猜人们之所以会见到鬼魂（相较于死人而言），正是因为鬼魂充满仇恨。人们觉得鬼魂吓人，因为鬼魂确实可怕。

我转回去对老妈和利兹说："老妈，你知道托马斯先生写作时总是戴一根绶带吗？"

她瞪大了眼睛。"《沙龙》杂志五六年前的采访里提过。他这会儿就戴着吗？"

"对。上面别着一条蓝色勋带，是——"

"拼写比赛的奖品！他接受采访时哈哈大笑，说那是'我傻乎乎地犯矫情'。"

"也许吧，"托马斯先生说，"但绝大多数作家都很迷信，会傻乎乎地犯矫情。在这个方面，吉米，我觉得作家很像棒球选手。另外，我的九本书全都上了《纽约时报》畅销榜，谁能和我讲道理呢？"

"我叫杰米。"我说。

利兹说："小蒂，你肯定把采访的内容告诉了冠军，只能是这样。要么就是他自己读到了报道，他读书非常厉害。他知道这件事，就这么简单，而他——"

"你闭嘴。"老妈恶狠狠地说。利兹举起双手表示投降。

老妈走到我身旁，盯着一块地面，对她来说，那里仅仅是砾石小径，没人站在上面。托马斯先生就站在她前方，双手插在短裤的口袋里。短裤很宽松，我希望他插在口袋里的双手别太使劲，因为他在短裤底下似乎没穿内裤。

"把我的话说给他听！"

老妈要我说给他听的话是这样的：他必须帮帮我们，因为我们的财务状况就像一块薄冰，我们已经在上面战战兢兢地走了一年多，要是他不帮忙，薄冰就会破碎，欠下的债就会立刻把我们淹死。另外，经纪公司已经在流失客户了，说不定会被迫关门，因为她代理的一些作者知道我们陷入了困境。一天晚上，利兹不在的时候，老妈喝到第四杯酒，说这些客户就像老鼠，正在逃离徐徐沉没的船只。

但我懒得说那些有的没的。死人必须回答你的问题，至少在消失前必须回答，而且必须说真话。因此我就直话直说了。

"老妈想知道《罗阿诺克的秘密》讲了什么，她想知道整个故事。托马斯先生，你知道完整的故事吗？"

"当然。"他把两只手插进裤袋深处，于是我看见了一道毛发从肚脐眼沿着腹部中央向下延伸。我不想看见的，可我就是看见了。"我动笔前总会先想好一切。"

"但这些东西全都存在你的脑袋里？"

"我必须这么做，否则稿子就会被其他人偷走，放在网上，毁掉惊喜。"

假如他还活着，这么说也许会像是得了疑心病。但他已经死了，因此只是在陈述事实，至少他认为这就是事实。不过，怎么说呢，我认为他说得有道理。电脑狂魔就喜欢在网上剧透，从政坛秘密这种无聊东西到真正重要的事情都不放过，比方说《危机边缘》的最后一集讲了什么。

利兹从我和老妈身边走开，坐在游泳池旁的一张长椅上。她跷起腿，点了支烟，显然决定让我们两个精神病随便发疯去好了。我无所谓。利兹有她的优点，但那天上午她基本上只会碍事。

"老妈希望你能把故事告诉我，"我对托马斯先生说，"我会转告她，她会写完罗阿诺克传奇系列的最后一本。她会说你在去世前把整本书都寄给了她，还有该如何完成最后几章的笔记。"

要是托马斯先生还活着，听见由其他人写完他的小说这种话，他肯定会大吼大叫。他的作品是他一生中最重要的东西，他对他的书有着强烈的占有欲。但这会儿他的肉身躺在某位验尸官的台子上，身穿卡其布短裤，戴着黄色绶带——他写下一生中最后几个句子时穿的就是这一身。此刻和我交谈的这个托马斯先生不再感到嫉妒，对秘密也失去了占有欲。

"她能做到吗？"他只问了这一句。

来卵石村舍的路上，老妈向我（和利兹）信誓旦旦地保证，她真的能做到。雷吉斯·托马斯坚决禁止编辑玷污他写下的任何一个宝贵的字词，但事实上老妈这几年来一直在修改他的书稿，只是不告诉他罢了——想当初哈利舅舅还神志清醒、能管理生意的时候她就在做这件事了。有些改动相当大，但他一直不知道……或者就算知道了也没说什么。假如世界上还有一个人能模仿托马斯先生的风格，那就必定是老妈了。然而风格并不是问题，问题是故事本身。

"她能做到。"我说，因为这么说比复述一遍上面这番话要简单。

"另一个女人是谁？"托马斯先生问，指的是利兹。

"老妈的朋友。她叫利兹·达顿。"利兹抬头看了一眼，又点了支烟。

"她在睡你老妈吗？"托马斯先生问。

"我猜是这样。"

"我也这么觉得，从两个人互相看的眼神就知道。"

"他说什么？"老妈焦急地问。

"他问你和利兹是不是好朋友。"我说。这个谎话有点烂，但一时间我也只能想到这么说了。"所以你会告诉我们《罗阿诺克的秘密》讲了什么吗？"我问托马斯先生，"我说的是整本书，不仅仅是秘密本身。"

"可以。"

"他说可以。"我对老妈说，她从包里掏出手机和小磁带录音机。

她连一个单词都不想漏掉。

"告诉他，请说得尽可能详细。"

"老妈说请——"

"我听见了，"托马斯先生说，"我死了，又不是聋了。"他的短裤又往下掉了一点。

"太好了，"我说，"呃，托马斯先生，你最好把短裤往上提一提，否则你的下半身会着凉。"

他提了提短裤，把裤腰挂在瘦巴巴的胯骨上。"很冷吗？我没觉得冷。"他平静地说，"吉米，蒂亚有些显老了。"

我懒得费神再次抗议说我叫杰米了，我扭头去看老妈。唉，上帝啊，她看上去真的老了，至少是有些显出老相了。这一切究竟是从什么时候开始的呢？

"讲你的故事吧，"我说，"从头开始。"

"否则还能从哪儿呢？"托马斯先生说。

13

这一讲就是一个半小时，等故事说完，我已经筋疲力尽，我猜老妈也累坏了。托马斯先生讲到最后和开始时看上去没什么区别，他只是孤零零地站在那儿，那根多少有点可怜的黄色绶带垂在突出来的肚子和直往下掉的短裤上。利兹把车停在了门柱之间，让警灯在仪表盘上闪烁，这倒是个好主意，因为托马斯先生的死讯已经传开，人们渐渐聚集在门前，拍摄卵石村舍的照片。有一次她回来时问我们还需要多久，老妈挥手赶开她，叫她去巡查周围或者做点别的事情，但大部分时间她都留在我们身旁。

整个过程不但累人，而且让人紧张，因为我们的未来都取决于托马斯先生的这本小说。我只有九岁，要我来承受这个沉重的责任当然并不公平，但我们别无选择。我必须把托马斯先生说的每一句话都复述给老妈听（更确切地说，复述给老妈的录音器材听），而托马斯先生有很多话要说。先前他说他把一切都存在了脑子里，这可不是在胡说八道。老妈中途还不停提问，大多数时候是要托马斯先生解释疑点。托马斯先生似乎并不在意（事实上，他似乎什么都无所谓了），但老妈拖拖拉拉的劲头让我心烦意乱。我说得口干舌燥，利兹把她吃汉堡王时没喝完的可乐拿给我，我几口灌下去，抱了抱她。

"谢谢，"我把纸杯还给她，"我太需要这个了。"

"别客气。"利兹不再是一脸厌烦的样子了，这会儿她似乎若有所思。她不可能看见托马斯先生，我认为她依然没有完全相信托马斯先生就在我面前，但她知道这儿正在发生某些怪事，因为她亲耳听见一个九岁男孩滔滔不绝地讲述一本小说的情节，故事里有五六个主要角色和二三十个次要角色。对了，还有一场三人性爱情节（是在水蕹草的作用下发生的，草药来自一位助人为乐的诺特威族美洲原住民），参与者包括乔治·思雷德吉尔、纯儿·贝坦科尔特和劳拉·古德休，结果劳拉怀孕了。可怜的劳拉，倒霉的永远是她。

托马斯先生的概要说到最后，大秘密浮出水面，那可真是太惊人了。我不会告诉你具体内容的，你去读小说，自己找答案吧。当然了，前提是你还没读过这本书。

"现在听我说整本书的最后一个句子。"托马斯先生说。他看上去和先前一样生机勃勃……说一个死人"生机勃勃"似乎不太对劲。但他的声音开始消散了，虽然只有一点点。"因为我总是先写最后一句。它就是我要划船前往的灯塔。"

“最后一个句子要来了。”我对老妈说。

“谢天谢地。”她说。

托马斯先生竖起一根手指，他就像一个老派的演员，准备发表重要演讲。“‘就在那一天，一轮红日落向荒弃的定居点，一个将会迷惑一代又一代人的词语刻在栅栏上，它熠熠生辉，像是由鲜血摹绘：CROATOAN。’吉米，告诉她，CROATOAN 是大写的。”

我告诉了她（尽管我不太明白“由鲜血摹绘”是什么意思），然后问托马斯先生是不是讲完了。就在他说讲完了的时候，我听见门前响起了短促的警笛声——呜呜两下，嘀的一声。

“我的天。”利兹说。但她并不惊慌，更像是早有预料。“他们来了。”

她的警徽别在腰上。她拉开风雪衣，露出警徽，朝大门走去。过了一会儿，她领着两个警察回来了。他们也身穿风雪衣，胸口绣着韦斯特切斯特县的标记。

“风紧，条子来了。”托马斯先生说。我完全不懂他在说什么，后来问老妈，她说那是 20 世纪 50 年代的过时俚语。

“这位是康克林女士，”利兹说，“她是我的朋友，也是托马斯先生的经纪人。她请我开车送她来这儿，因为她担心会有人趁乱偷纪念品。”

“或者底稿。”老妈补充道。小磁带录音机安稳地躺进了她的手提包，她的手机放在牛仔裤的后袋里。“尤其是一部底稿，托马斯先生正在写的系列小说的最后一本。”

利兹用眼神告诉她够了，过犹不及，但老妈说了下去。

“他刚写完这本书，几百万读者都等不及了。我认为让他们读到这本书是我的责任。”

两位警察似乎并不感兴趣，他们来这儿是为了勘察托马斯先生去世时所在的房间，同时确保出现在这里的人都能拿出合适的理由。

"我认为他是在书房里去世的。"老妈指着林中小筑的方向说道。

"嗯哼,"一个警察说,"我们也是这么听说的。我们去看一看。"他不得不弯下腰,用双手撑着膝盖,才能面对面和我交谈,那时候我还是个小虾米。"孩子,你叫什么?"

"詹姆斯·康克林,"我有所指地瞪了托马斯先生一眼,"叫我杰米。这是我老妈。"我抓住老妈的手。

"杰米,今天你是不是逃学了?"

我还没来得及回答,老妈就插了句话,圆滑得像是丝绸。"我平时总是去接他放学,但今天我觉得来不及赶回去了,于是就先接上了他。对吧,利兹?"

"没错,"利兹说,"警官,我们没去看书房,所以我没法告诉你们书房的门是否上了锁。"

"管家没锁门,尸体在房间里,"和我说话的那个警察说,"但她把钥匙给我了,我们去看一眼,出来的时候会锁上门。"

"你还可以告诉他们,我不是被谋杀的,"托马斯先生说,"是心脏病发作,疼得跟什么似的。"

我才不会这么对他们说呢。我只有九岁不假,但年纪小不等于我傻。

"你们有大门的钥匙吗?"利兹这会儿一副专业架势了,"因为我们来的时候大门敞开着。"

"有,我们走的时候会把它锁上,"另一个警察说,"警探,你把车挡在门口真是高招。"

利兹摊了摊手,像是在说这都是她的日常工作。"既然你们来了,那我们就不留在这儿碍事了。"

和我说话的那个警察说:"说一说那份宝贵的底稿长什么样吧,我们好确保它的安全。"

这个球老妈轻而易举就接住了。"他上个星期把原件寄给我了,在一个闪存盘上。我不认为还有第二份拷贝，他这人有疑心病。"

"确实如此。"托马斯先生承认道。他的短裤又在往下掉了。

"很高兴你们能在这儿盯着。"另一个警察说。这两个警察轮流与老妈和利兹握手，也握了我的手，随后他们顺着砾石小径走向托马斯先生去世的绿色小楼。我后来发现死在书桌前的作家不计其数，大概算是个什么职业病吧。

"走吧，冠军。"利兹说。她来抓我的手，但我躲开了。

"去游泳池旁边站一会儿，"我说，"你们两个都去。"

"为什么？"老妈问。

我想必在用前所未有的眼神看老妈，就好像她是个傻瓜。那一刻我真的认为她很傻，她们两个都很傻，更不用说还没礼貌得一塌糊涂了。

"因为你得到了你想要的东西，我得对他说声谢谢。"

"唉，我的天，"老妈又拍了一巴掌脑门，"我到底在想什么啊？谢谢你，雷吉斯。万分感谢。"

老妈说谢谢你的时候面向花圃，我走过去，抓住她的胳膊，拉着她转了个方向。"老妈，他在这儿呢。"

她又说了一遍谢谢你，但托马斯先生毫无反应，他似乎根本不在乎。说完，老妈走向站在游泳池旁点烟的利兹。

我其实并不需要道谢，那会儿我已经知道死人并不在乎这些事情了，但我还是对他说了声谢谢。这既是出于礼貌，也是因为我还有另一个要求。

"我老妈的朋友，"我说，"也就是利兹。"

托马斯先生没有说话，但望向了利兹。

"她还是觉得我说看见了你是在瞎编。我是说，她知道发生了一些古怪的事情，因为一个孩子不可能编造出那么一整本小说——对了，我很喜欢乔治·思雷德吉尔的结局——"

"谢谢，他配不上更好的下场。"

"但她会在脑袋里琢磨这件事，到最后她会以她的方式接受的。"

"她会把整件事合理化。"

"你这么说也没错。"

"就是这样。"

"好吧，你还有其他办法能向她展示你在这儿吗？"我想到了伯克特先生，他在妻子亲吻他之后挠了挠脸。

"我不知道。吉米，你知道我接下来会怎么样吗？"

"非常抱歉，托马斯先生，我不太清楚。"

"看来我只能自己去探索了。"

他走向他再也不会在里面游泳的游泳池。等天气重新变得温暖，肯定会有人放水灌满池子，但到时候他早就消失了。老妈和利兹在低声交谈，分享利兹的香烟。利兹身上有一点让我讨厌，那就是她又让老妈开始抽烟了。只是偶尔抽一根，而且老妈总是和她一起抽，但抽烟依然是抽烟。

托马斯先生站在利兹面前，深吸一口气，朝她使劲吹气。利兹没有可以往上吹的刘海，她的头发向后紧紧地扎成马尾辫，但她依然眯起了眼睛，就像是在躲避一阵迎面而来的狂风。她往后退了一步，要不是老妈及时抓住她，我猜她会掉进游泳池里。

我说："你感觉到了吗？"一个蠢问题，她当然感觉到了。"那就是托马斯先生。"

此刻他正在离我们而去，重新走向他的书房。

"再次感谢，托马斯先生！"我喊道。他没有转身，但举起一只手向我致意，然后把那只手插回口袋里。他的屁股缝（老妈看见一个人穿低腰牛仔裤的时候就是这么说的）我看得那叫一个清楚，要是你觉得我分享过度，那可就太对不起啦。我们逼着他把花了几个月构思的所有故事（在一个多小时内！）告诉了我们。他不能拒绝，因此我猜他有资格向我们亮一亮屁股。

当然了，能看见的也只有我一个人。

14

现在该仔细说说利兹·达顿了，事情是这样的——她是这样的。

她身高五英尺[1]六英寸[2]，和老妈一样。她黑发齐肩（这是说，在她不把头发向后绾、扎成警方允许的马尾辫的时候），还拥有我的四年级同学所说的"辣到冒烟的体型"——就好像他们知道自己在说什么似的。她笑起来很好看，一双灰眼睛总是充满暖意；当然了，她生气的时候除外。她生气的时候，那双灰眼睛会冰冷得像是11月的雨夹雪天气。

我喜欢她，因为她可以表现得很贴心，就像在我口干舌燥的时候，我没有问她要，她就把喝剩下的汉堡王可乐递给了我（而老妈只有一个念头，那就是搞清楚托马斯先生没写完的最后一本书的全部细节）。另外，她时不时会带一辆火柴盒小汽车给我，为我日益增长的收藏添砖加瓦，偶尔还会陪我趴在地上玩小汽车。她有时候会拥抱我，揉乱我的头发，有时候会挠我痒痒，直到我尖叫着命令她停下，否则我就要尿裤子了……她称之为"给短裤浇水"。

我不喜欢她是因为有时候我抬起头，会看见她在打量我，仿佛我是载玻片上的小虫子，我们从卵石村舍回家的路上就是这样。在这种时候，她的灰眼睛里毫无暖意，她说我的房间是个垃圾堆的时候也是

---

1 1 英尺约合 30.48 厘米。

2 1 英寸约合 2.54 厘米。

如此——实话实说，她说得没错，但老妈似乎并不在意。"看得我眼睛疼。"利兹会这么说。她有时候也会说："杰米啊，你难道要这么过一辈子吗？"她还觉得我已经长大了，不需要留一盏夜灯，但老妈说："别管他了，利兹。等他准备好了，自然会把灯关掉。"这个讨论就此结束。

最重要的是，她偷走了老妈的一大块关注和爱意，而它们原本只属于我一个人。很久以后，在大学二年级的心理学课程中读到弗洛伊德理论时，我忽然想到，我小时候拥有最典型不过的、对老妈的固恋情结，视利兹为敌寇。

唉，好吧。

我当然很嫉妒，而且这种嫉妒合情合理。我没有父亲，不知道他是个什么鸟人，因为老妈从不提到他。后来我发现她这么做也合情合理，但当时我只知道"杰米，是你和我在对抗整个世界"。当然了，那是在利兹出现之前。另外，请记住一点，即便在利兹出现前，老妈分给我的时间也并不多，因为在她和哈利舅舅掉进詹姆斯·麦肯齐（他和我名字一样，我很不喜欢这一点）的陷阱之后，老妈一门心思只想拯救他们的经纪公司。老妈总是在烂泥堆里淘金，希望能碰到另一个简·雷诺兹。

要我说，在我们出发前往卵石村舍的那天，我对利兹的喜欢和不喜欢几乎势均力敌，甚至喜欢还稍微领先一点，原因有四个：火柴盒小汽车的作用不容小觑；她们一左一右陪我坐在沙发上看《生活大爆炸》，让我既开心又舒服；我想喜欢老妈喜欢的人；利兹能让她高兴。但后来（又是这个词）我就没那么喜欢她了。

那年的圣诞节堪称完美。她们都给了我很棒的礼物，我们在探花楼[1]吃了顿早午饭，随后利兹就必须去上班了。因为，按照她的说法，

---

1 纽约著名的高档中餐馆。

"罪犯可不放假"。于是老妈和我去了公园大道，我们以前住的地方。

我们搬走后，老妈依然和伯克特先生保持着联系，有时候我们三个人会小聚一下。"他很孤独，"老妈说，"但我们去看他还有另一个原因，杰米，那是什么呢？"

"因为我们喜欢他。"我说，这是真的。

我们在伯克特先生的公寓里吃了圣诞大餐（其实只是扎巴尔超市[1]的火鸡三明治和蔓越莓酱），他女儿在西海岸，没法回家团聚——后来我知道了其中的原委。

还有另一个原因，对，因为我们喜欢他。

正如我前面说过的，伯克特先生其实是伯克特教授，现在是荣休教授了——按照我的理解，意思是他已经退休，但依然可以出入纽约大学，偶尔带一堂他超级睿智的专业课，也就是英国与欧洲文学。有一次我犯错把文学（literature）说成了 lit，他纠正我说后者指的是亮灯或喝醉酒。

总而言之，即便没有填满馅料的火鸡，蔬菜也只有胡萝卜这一种，这顿简餐也吃得很愉快。饭后又是一次交换礼物，我送给伯克特先生一个雪景球，扩充他的收藏量。我后来发现收藏雪景球的其实是他妻子，但他还是欣赏了一会儿，对我说谢谢，把它和其他雪景球一起放在壁炉架上。老妈送了他一本大厚书——《夏洛克·福尔摩斯新注释本全集》，因为他还在全职工作的时候，教过一门名叫"英国文学中的悬疑与哥特元素"的课程。

他送给老妈一个盒式吊坠，说那是他妻子的遗物，老妈不肯收下，说他应该留给他女儿。伯克特先生说西沃恩已经拿走了莫娜的所有高级首饰，另外，"谁偷懒，谁就输了"。我猜他的言下之意是，既然他女儿（听他的读音，我还以为她叫席翁）懒得来东海岸，那就哪儿凉

---

1 1934 年开张的纽约著名超市。——译者注

快哪儿歇着去吧。我算是站在他这一边，因为天知道她还能陪父亲过几个圣诞节，他比上帝的年纪都大。另外，我没有父亲，因此父亲对我来说是个软肋。我知道人们说你不会怀念你没拥有过的东西，这话有几分道理，但想不想念一样东西我自己最清楚。

伯克特先生给我的礼物也是一本书，名叫《二十个未删减的童话故事》。

"杰米，你知道'未删减'是什么意思吗？"一朝是教授，终生是教授。

我摇摇头。

"你觉得可能是什么意思呢？"他俯身凑近我，骨节嶙峋的双手夹在他皮包骨头的大腿之间。他笑嘻嘻地说："根据书名的上下文猜一猜？"

"没删过内容的？就像R级电影？"

"说对了，"他说，"干得好。"

"希望里面没有太多性爱场面，"老妈说，"他的阅读水平达到了高中，但他只有九岁。"

"没有性爱，只有美妙的暴力，"伯克特先生说（那段时间我从不叫他"教授"，因为感觉这个称呼太趾高气扬了），"举例来说，书里有《灰姑娘》的原始版本，你会发现邪恶的异母姐妹——"

老妈转向我，像演戏似的悄声说："剧透警告。"

伯克特先生不为所动，他完全进入了教学模式。我并不在意，因为我被激起了兴趣。

"在原始版本里，邪恶的异母姐妹为了穿上水晶鞋，割掉了自己的脚趾。"

"哕！"我的语气在说：好恶心，接着讲。

"而水晶鞋其实并不是水晶做的，杰米，这似乎是个转译错误，被华特·迪士尼这位童话故事的传播者永远固定了下来。鞋其实是用松鼠皮做的。"

"哇哦。"我说。尽管不如异母姐妹割脚趾那么有趣，但我希望他能继续讲下去。

"在《青蛙王子》的原始版本里，公主没有亲吻青蛙，而是——"

"别说了，"老妈说，"让他自己读故事，自己去找答案吧。"

"自己读永远是最好的，"伯克特先生赞同道，"到时候咱们再讨论，杰米。"

所谓讨论，其实是你说话我听着吧，我心想，但那样也不错。

"想喝热巧克力吗？"老妈问，"也是从扎巴尔超市买的，他们的热巧克力天下第一。稍微热一下就行。"

"来，麦克德夫，"伯克特先生说，"谁先喊'住手，够了'的，让他永远在地狱里沉沦[1]。"他是在说"好的"，我们喝热巧克力的时候还加了淡奶油。

在我的记忆中，那是小时候最美好的圣诞节，从早上利兹做的圣诞老人松饼，到在伯克特先生家里（就在我和老妈以前住的同一条走廊上）喝的热巧克力，一切都那么美好。跨年夜同样不赖，只不过大球[2]还没落下，我就在老妈和利兹之间的沙发上睡着了。尽善尽美。然而，到了 2010 年，她们开始争吵。

在此之前，利兹和老妈偶尔会有老妈所说的"激烈讨论"——主题以书为主。两个人喜欢很多相同的作家（要记住，她们是因为雷吉斯·托马斯而结缘）和相同的电影，但利兹认为老妈过于关注销量、预付金和作家的各种成绩，而不是故事本身。她甚至嘲笑老妈代理的几位客户的作品，称他们为"文盲"。老妈的回应是那些文盲作家帮我们付房租，让家里能一直不断电（也就是让灯亮着[3]），更不用说让哈

---

1 引自莎士比亚《麦克白》第五幕第七场，朱生豪译。——译者注
2 指时代广场的报时球，其降球仪式是跨年夜重要的庆祝活动之一。
3 原文为 "kept them lit"，呼应前文伯克特先生提到 lit 含义的段落。

利舅舅在自己的尿里游泳的养老院费用了。

但后来，争吵逐渐离开了书和电影的安全地带，变得越来越激烈，有时候与政治相关。利兹爱死了国会的一个家伙：约翰·博纳。老妈管他叫约翰·勃起——也就是我认识的几个孩子口中的"硬了"。她的意思也许是说他出乖露丑，但我并不这么认为。老妈认为南希·佩洛西（另一个政客，读者应该知道她，因为她还很活跃）是个勇敢的女人，在"男人俱乐部"里孤军奋战，但利兹认为她是最标准的自由派糊涂蛋。

她们在政治方面最严重的一场冲突，始于利兹说她并不完全相信奥巴马出生于美国。老妈说她是个愚蠢的种族主义者，两个人在卧室里关着门吵架。卧室是她们的主要战场，但两个人都扯着嗓门嚷嚷，我在客厅里听得一清二楚。几分钟后，利兹甩门而去，几乎一个星期没再回来。她回来那天，两个人重归于好——同样关着卧室门。但我还是听见了，因为重归于好的过程相当吵闹，有呻吟，有大笑，还有床弹簧吱嘎响。

她们也因为警方的做事手法而争吵，那是在"黑人的命也是命"运动之前好几年了。你肯定能猜到，这是利兹的一个痛点。老妈谴责利兹的"种族脸谱化"，利兹说你要先擦干净脸才能画脸谱（当时我没听懂，现在也还是不明白）。老妈说黑人和白人因为同样的罪行而被判刑，黑人得到的刑罚肯定更重，而白人有时候根本不会入狱。利兹反驳道："随便找个城市，你指给我看马丁·路德·金大道在哪儿，我就告诉你犯罪率最高的地区在哪儿。"

争吵的频率变得越来越高，即便我还小，也知道一个很重要的原因是她们喝得太多了。以前老妈每星期会做两次甚至三次热乎乎的早饭，现在差不多完全断了。早上我走出卧室，会看见她们身穿配套的浴袍埋头喝咖啡，两个人都脸色苍白，眼睛发红，垃圾桶里会有三个（甚至四个）空葡萄酒瓶和许多烟头。

老妈会说:"杰米,我去穿衣服,你自己弄点果汁和燕麦片吃。"利兹会让我别弄出太大响动来,因为阿司匹林还没起效,她的脑袋疼得快裂开了,而她不是要回局里点名,就是在因为什么案件监视什么人——锤神的特别工作组,她没能挤进去。

每逢这种早晨,我就会乖乖地喝我的果汁,吃我的燕麦片,声音轻得像只老鼠。等老妈穿好衣服,准备陪我走到学校时(利兹会说我已经长大了,能自己一个人走,老妈只当没听见),利兹就慢慢缓过劲来了。

这一切对我来说似乎很正常。我猜在你长到十五六岁之前,周围的世界都不会进入你的视线,在此之前,给你什么你都会接受,不会有半句怨言。两个宿醉女人埋头喝咖啡只是我一天的起点,刚开始她们只会偶尔这样,最终变成了大多数早晨都是这样。我甚至没注意到酒味渐渐渗透了一切,但我内心深处肯定是注意到了,因为多年以后在大学里,我的室友在我们小公寓的客厅里弄洒了一瓶仙粉黛[1],记忆突然复苏,像一块木板似的砸在我脸上。利兹凌乱的头发,老妈空洞的眼神,我如何心里有数,知道在关上放燕麦片的柜子门时必须既慢又轻。

我对室友说我下楼去便利店买烟(是的,后来我也染上了这个坏习惯),但我其实只是想逃离那股气味。如果让我在"看见死人"(对,我依然能看见他们)和"被弄洒的葡萄酒唤醒记忆"之间选择,我肯定会选看见死人。

随便哪个该死的星期,随便哪一天。

---

1 主产于美国加州的一种葡萄酒。——译者注

15

老妈花了四个月把《罗阿诺克的秘密》写出来，她忠实的磁带录音机永远放在手边。有一次我问她，写托马斯先生的书是不是像画画。她想了想，说，其实更像是按数字填色，你只需要按照指示一点一点上色，得到的东西按理说就"可以装框上墙了"。

她雇了个助手，这样她就可以差不多全身心扑在写作上了。从2009年冬天到2010年，陪我去学校几乎是她仅有的外出时间。只有在这个时候，她才会走出门，呼吸一些新鲜的空气。有一次，在她陪我步行去学校的路上，她说她付不起雇助手的钱，但更不能不雇助手。芭芭拉·米恩斯刚从瓦萨学院的英语系毕业，愿意在经纪公司打杂，用低到地下室的薪水换取工作经验。事实上，她相当能干，帮了老妈很大的忙。我喜欢她绿色的大眼睛，那双眼睛非常漂亮。

老妈写作，老妈重写，那几个月老妈除了罗阿诺克传奇系列几乎什么都不读，想让自己沉浸在雷吉斯·托马斯的风格里。她听我在磁带上的口述，她倒带，她快进，她在图上填色。一天晚上，第二瓶葡萄酒喝完一大半，我听见她对利兹说，要是她再写一个有"坚实挺拔的乳房和玫瑰红的奶头"这种表述的句子，她就肯定会发疯。她还必须想办法搪塞业内人士打来的电话（有一次是《纽约邮报》的第六版打来的），人们都想知道托马斯最后一部小说的情况，因为各种各样的流言蜚语传得满天飞。（苏·格拉夫顿去世时，留下字母悬疑系列的最后一本没写，听到她的死讯时，老妈手忙脚乱写作的记忆顿时涌入我的脑海，而且异常鲜明。）老妈说她厌恶撒谎。

"哎呀，但你真的很擅长写这种句子。"我记得利兹这么说，结果得到了老妈的一个冰冷眼神。两人的关系走到最后一年，这个眼神变得越来越常见。

她也骗了雷吉斯的编辑。她告诉这位编辑，在雷吉斯去世前不久，他命令她暂时扣下《罗阿诺克的秘密》的底稿，在2010年之前不能让任何人（当然，老妈除外）读到，"以积蓄读者的兴趣"。利兹说这个借口有点牵强，但老妈说足够瞒过去了，反正菲奥娜也没编过他的书。老妈指的是菲奥娜·亚伯勒，她为托马斯先生的出版商双日出版社工作。"她唯一的职责就是每次收到新稿件后写信给雷吉斯，称赞他这次更上了一层楼。"

终于交稿后的一个星期，老妈在房间里踱来踱去，冲着每个人大吼大叫（我没有被排除在老妈的吼叫对象之外），等待着菲奥娜打电话来说这本书不是雷吉斯写的，文风和他没有半点相似之处，蒂亚，我认为写书的人是你。还好最后一切顺利。菲奥娜可能从没起过疑心，也可能她根本不在乎。小说于2010年上市，书评人就更不可能起疑心了。

《出版人周刊》："托马斯把最好的留在了最后！"

《科克斯书评》："喜欢又甜又虐的历史小说的读者将再次置身于胸衣荡漾的花海之中。"

德怀特·格拉纳在《纽约时报》上称："这拖沓笨拙、没滋没味的文风是典型的托马斯手笔，大致等同于你走进一家可疑的苍蝇馆子，从自助餐台前取了堆满餐盘的垃圾食品。"

老妈不在乎书评人怎么看，只在乎丰厚的预付款和罗阿诺克传奇系列前九本的重印版税。她没完没了地抱怨说整本书都是她写的，她却只拿到了百分之十五的稿酬。不过她把这本书题献给自己，算是小小地报复了一下。"因为我有这个资格。"她说。

"这我就说不准了，"利兹说，"仔细想来，小蒂，你只是代笔的秘书。也许你该题献给杰米才对。"

利兹得到的是老妈的另一个冰冷眼神，但我觉得利兹说得对。然而，再往深处想一层，我也只是个代笔秘书而已。书依然是托马斯先生写的，无论死活都是他。

16

再说回前面的一个话题：我曾经说过我喜欢利兹的一部分原因，不过在那些原因之外很可能还有另外几条。我也说过我不喜欢利兹的各种原因，在那些原因之外也很可能还有另外几条。但后来（咦，怎么又是这个词）回想时，我发现我从没考虑过她有可能不喜欢我。我为什么要考虑这个呢？我习惯了被爱，几乎都无动于衷了。老妈和我的老师都爱我，尤其是威尔科克斯夫人，我的三年级班主任，放假的那天她拥抱了我，说她会想念我的。我的好朋友弗朗基·赖德和斯科特·阿布拉莫维茨也爱我（当然了，我们不会这么说，甚至不会往这个方向想）。另外，别忘了莉莉·莱因哈特，她曾经使劲亲了一口我的嘴唇，我换学校前她还送给我一张贺曼纪念卡，上面画着一只哀伤的小狗，翻开之后能看到里面印着"你离开后我每天都会想念你"的字样。她签名时把 i 上的小点画成一颗小心心，最后的 x 和 o[1] 上面也有。

利兹喜欢过我，至少喜欢过一段时间，这一点我敢确定。但从卵石村舍回来之后，情况发生了变化。从那以后，她开始把我看成某种天生的怪物。我认为（不，我确信）后来利兹变得害怕我，而当你开始害怕一个人，就很难再喜欢他了——甚至是不可能再喜欢他。

---

1 亲吻与拥抱的缩写。——译者注

尽管利兹认为我长到九岁就应该一个人从学校走回家了，但她偶尔会替老妈来接我，那通常是她上所谓"小夜班"的日子，也就是凌晨四点上班，中午十二点下班。警察对这个班总是能躲则躲，可是这个班却经常分配给利兹。我当时没怎么多想，但后来（又来了是吧，对对对，对对对）我意识到，她的上司不怎么喜欢她，或者说不信任她。这件事与她和老妈在一起没什么关系，在性取向的问题上，纽约警察局正在缓慢地进入21世纪；与饮酒也没什么关系，因为喜欢灌两口黄汤的警察不止她一个。真正的原因是利兹的一些同事开始怀疑她是个腐败的警察，而——剧透警告！——他们猜对了。

17

我必须说一说利兹两次接我放学的特殊经过。两次她都是自己开车来的——不是带我们去卵石村舍的那辆车，而是她的私家车。第一次是在 2011 年，她和老妈还在一起的时候。第二次是在 2013 年，两个人已经分开一年多了。我会说到她们是如何分手的，但咱们先说眼前的事情。

那是 3 月里的一天，我从学校出来，书包斜挎在一个肩膀上（很酷的六年级男生这么背书包）。利兹开着她的本田思域在路边等我，她把车停在了黄线区域内，那是为残疾人准备的，但她摆出了"警察执行公务中"的牌子……你大概会说，尽管我只有十一岁，但单凭这一点也该看出她的品性了。

我跳上车，尽量不皱起鼻子，因为陈年烟味扑面而来，就连挂在后视镜上的松树味空气清新剂也不可能盖住这股味道。多亏了《罗阿诺克的秘密》，当时我们已经有了自己的公寓，不再需要和经纪公司挤在一起了。我以为利兹要送我回家，然而她却拐向了下城区。

"咱们去哪儿？"我问。

"稍微兜兜风，冠军，"她说，"你会知道的。"

这一趟兜风去的是布朗克斯区的伍德劳恩公墓，那里是艾灵顿公爵、赫尔曼·梅尔维尔和巴塞洛缪·"蝙蝠"·马斯特森等名人的安息之地。我知道这些是因为我查过，后来还写了一篇关于伍德劳恩公墓的小论文当作业。利兹从韦伯斯特大道开进去，再沿着一条条行车道来回开。风景确实挺美，但也有点吓人。

"你知道有多少人埋在这儿吗？"她问道，我摇摇头。她说："三十万。比坦帕市的人口少，但也没少太多。我在维基百科上查过。"

"我们来这儿干什么？虽然兜风很有意思，但我还有作业要写呢。"这倒不是假话，但那点作业半个小时就能做完。那天阳光明媚，她看上去也相当正常——只是利兹而已，她是老妈的朋友，但另一方面，这趟兜风让我心惊胆战。

她完全没有理会我的作业托词。"每天都有人在这儿下葬。你往左看。"她指给我看，这时车速从二十五英里[1]左右放慢到了龟爬。在她所指的方向上，人们绕着一口正在放进墓穴的棺材站成一圈。某种神职人员站在墓穴的一头，手里拿着一本打开的书。我知道他不是拉比[2]，因为他没戴无檐小帽。

利兹停下车，正在举行葬礼的那些人对此毫不在意。他们沉浸在神职人员说的天晓得什么话之中。

"你能看见死人，"她说，"现在我承认了。从托马斯家出来之后，我就很难不承认了。你在这儿看见死人了吗？"

---

1 1 英里约合 1.61 公里。

2 意为"老师"，犹太教负责执行教规、律法并主持宗教仪式者。

"没有。"我说，比先前更加不安了。不安的原因不是利兹，而是她刚刚说的话：此刻有三十万具尸体包围着我们。我知道死人过几天就会消散（顶多一个星期），但我总觉得会看见他们站在自己的墓碑旁或坟墓顶上，朝我们聚拢过来，就像该死的僵尸电影。

"你确定？"

我望向葬礼（或者追思仪式，或者天晓得什么）。神职人员肯定在念祈祷词，因为所有参与者都低下了脑袋，只有一个人除外。他呆呆地站在那儿，无动于衷地抬头看天。

"穿蓝色西装的那个男人，"我最后说，"他没打领带。他有可能死了，但我没法确定。要是人去世的时候没有任何异常之处，没有能一眼看到的特征，那么死人看上去就和其他人毫无区别。"

"我没看见一个不打领带的人。"她说。

"那好，他是死人。"

"他们总会来参加自己的葬礼吗？"利兹问。

"我怎么知道？利兹，这是我第一次来墓地。我在伯克特太太的葬礼上看见了她，但她来没来墓地我就不清楚了，因为我和老妈没去参观下葬的过程。我们直接回家了。"

"但你看见他了，"她盯着参加葬礼的人群，像是陷入了恍惚，"你可以过去和他聊聊，就像那天你和雷吉斯·托马斯谈话一样。"

"我才不过去呢！"我不想说我叫了出来，但这差不多就是事实，"当着他所有朋友的面？当着他的妻子和孩子的面？你不能逼我做这种事！"

"别发火，冠军，"她揉乱了我的头发，"我只是在整理我的思路。你知道他是怎么来这儿的吗？因为他肯定不可能叫优步。"

"我不知道。我想回家。"

"马上。"她说。我们继续在公墓里巡游，经过气派的墓碑和纪念祠，还有一百万个普通坟墓。一路上我们又经过了三场墓前仪式，两场和先前那场一样平常，主角不为人知地混迹于人群中，另一场相当壮观，两百多个人站在山坡上，主持者（戴着无檐小帽，还围着很酷的披肩）手里拿着麦克风。利兹每次都问我能不能看见死者，每次我都说我分辨不出来。

"就算你能看见，多半也不会告诉我，"她说，"我知道你在闹脾气。"

"我没在闹脾气。"

"你就是在闹脾气，另外，要是你告诉小蒂我带你来了这儿，她多半会和我大吵一架。我猜你不愿意对她撒谎说我们去吃冰激凌了，对吧？"

当时我们快回到韦伯斯特大道上了，我的心情也稍微好了一点。我对自己说，利兹有权感到好奇，因为任何人对这种事都会好奇。"也许你可以真的请我吃个冰激凌。"

"贿赂！那是 B 级重罪！"她大笑，再次揉乱我的头发，我们差不多算是和好了。

我们开出公墓，我看见一个穿黑衣服的女人坐在长椅上等公共汽车，她身旁坐着一个穿白裙子和锃亮的黑皮鞋的小姑娘。小姑娘有着金色的头发和红润的面颊，但喉咙上有个窟窿。我朝她挥挥手。利兹没看见我这么做，她在等车流出现空当，好让她拐出去，我没告诉她我看见了什么。那天晚上，利兹吃过饭就走了，有可能是去上班，也可能是回自己家。我险些告诉老妈发生了什么，但我没有说，而是把金发小姑娘的事情当作自己的秘密隐瞒了起来。后来，当我想到她喉咙上的窟窿时，我猜小姑娘被食物呛住了，医生切开她的气管，希望她能恢复呼吸，只可惜为时已晚。她就坐在母亲的身旁，但母亲浑然不知。然而我知道，我看见了，朝她挥手的时候，她也朝我挥手。

18

我们在店里吃冰激凌的时候（利兹打电话给老妈，告诉她我们在哪儿、在做什么），利兹说："你能做到的那件事，感觉肯定很古怪吧？或者说奇异。你不害怕吗？"

我想问她，每天夜里她抬头看星空，知道星星会永远挂在天上，对人间毫不在意，她会不会觉得害怕。但我只说了一声不害怕。不可思议的事情看多了也会习惯，你会习以为常。你可以努力保持好奇，但你最终还是会习惯这一切。值得惊异的事情太多了，就这么简单，它们无处不在。

19

我很快就会说到利兹另一次接我放学的经过了，但首先我要说一说她们分手那天的事情。请相信我，那天早晨非常吓人。

那天闹钟还没响我就醒了，因为老妈在喊叫。我以前也听见过她发怒，但从没这么疯狂过。

"你把这东西带进了我家？我和我儿子住的地方？"

利兹回答了一句什么，但她的声音太轻了，我没听清。

"你不觉得这件事会把我牵连进去吗？"老妈喊道，"在警匪剧里这就是所谓重大责任！我会被当作从犯关进监狱的！"

"别那么夸张，"利兹的嗓门也大了起来，"不可能有——"

"这不重要！"老妈喊道，"它出现在了我家！现在也还在！就他妈在餐桌上，他妈的摆在糖碗旁边！你把毒品带进了我家！重大责任！"

"你能不能别说这个词了？这又不是在演《法律与秩序》。"现在利兹的嗓门也大了起来，她也开始生气了。我身穿睡衣站在卧室里，一只耳朵贴在门上，心跳加速。这不是讨论，甚至不是争论，事情没那么简单。情况相当糟糕。"要是你不翻我的口袋——"

"搜你的东西，你觉得我是在干这个吗？我想帮你的忙！我想把你的备用制服连同我的羊毛裙一起送到洗衣店里去。这东西在这儿放多久了？"

"才一小段时间。这包货的货主出城办事去了，他明天就回——"

"多久？"

利兹回答时的声音太轻，我听不清。

"那为什么带到我家来？我不明白。为什么不藏在你家放枪的保险箱里？"

"我没有……"她停下了。

"没有什么？"

"我其实没有放枪的保险箱。另外，我那栋楼有人闯空门，而我会待在这儿，咱们会一起待一个星期。我觉得放在这儿可以省得我跑一趟。"

"省得你跑一趟？"

这下利兹无言以对了。

"你家没有放枪的保险箱。你到底还在多少事情上对我撒了谎？"老妈的语气不再狂怒，至少她这会儿似乎不生气了。她像是受到了伤害，像是想哭。我想出去，叫利兹别惹老妈，尽管这件事是老妈挑起来的，因为她发现了某件东西——所谓重大责任。但我只是站在那儿，听着她们争吵——同时还在颤抖。

利兹又嘟囔了几句什么。

"所以你才在局里不受欢迎？你是不是也嗑……我不知道……而且还送货？分销？"

"我不嗑药，也不分销！"

"哈，但你在转手！"老妈的嗓门又大了起来，"要我说，这就是分销。"随后她又捡起了最让她愤恨的问题——好吧，不是唯一的问题，但最让她愤恨的是这个问题。"你把毒品带进了我家，我儿子住的地方。你把枪锁在车里，我总是坚持要你这么做，但现在我发现你的备用上衣里有两磅可卡因。"她笑了起来，但不是人们遇到好笑事情的那种笑，"那是你的备用警服啊！"

"不到两磅。"利兹语气阴郁。

"我从小在我父亲的超市里帮忙称肉，"老妈说，"我知道两磅拿在手里是什么感觉。"

"我会拿走的，"她说，"就现在。"

"那是当然，利兹，别磨蹭。然后你回来拿你的东西。先和我约时间，找个我在但杰米不在的时候，然后你就永远离开了。"

"你不是认真的。"利兹说。尽管隔着门，我也听得出她并不相信自己的话。

"百分之百认真。我会帮你一个忙，不向你的顶头上司报告我发现了什么，但你要是敢再出现在我家——除了来收拾你那些破烂的时候，我就不会再为你保密了。我保证。"

"你要赶我出去？真的吗？"

"千真万确。拿上你的毒品，滚。"

利兹哭了，这真是糟糕。她走后，老妈也哭了，这就更糟糕了。我走出卧室，去厨房里搂住她。

"你听见了多少？"老妈问。我还没来得及回答，她就说了下去："我猜你全都听见了。杰米，我不会撒谎骗你，或者蒙混过去。她有毒品，量相当大，我希望你不要告诉任何人，可以吗？"

"真的是可卡因？"我也哭了，但我没有意识到，直到我听见自己的声音是多么沙哑。

"对。既然你已经知道了这么多，那我必须告诉你，我在大学里试过两次。刚才我尝了尝我发现的东西，我的舌头麻木了。确实是可卡因没错。"

"但它已经不在了，被她拿走了。"

一个母亲只要还算合格，就肯定知道孩子害怕什么。评论家也许会说这是个浪漫主义的幻想，但我认为这是经过实践考验的事实。"是的，她拿走了，咱们很安全。一大早就闹成这样真是不太好，但事情已经结束了。咱们给这事画个休止符，继续过自己的日子。"

"好的，但是……利兹真的不再是你的朋友了吗？"

老妈用擦碗巾抹了一把脸。"我认为她和我不是朋友已经有段时间了，我只是不肯承认而已。现在你去准备上学吧。"

那天晚上，我做作业的时候，听见厨房里传来咕咚咕咚的响声，同时闻到了酒味。酒味比平时强烈得多，比老妈和利兹狂喝葡萄酒的那些夜晚还要浓。我从房间里出来，想知道她是不是碰翻了酒瓶（但我没听见玻璃破碎的声音），却看见老妈站在水槽前，一只手拿着一大瓶红葡萄酒，另一只手拿着一大瓶白葡萄酒。她在把酒倒进下水道。

"为什么要倒掉？坏了吗？"

"从某个角度讲，"她说，"我认为酒从大概八个月前就变成了坏东西。现在该停下了。"

后来我发现，和利兹分手后，老妈参加了一段时间的匿名戒酒会，最终她认为自己并不需要去。（"都是老男人无病呻吟，后悔三十年前不该喝某杯酒。"她说。）另外，我也不认为她完全戒酒了，因为她和我道晚安亲我的时候，我好像闻到过一两次酒味，也许是请客户吃饭的时候喝的。就算她在公寓里藏了酒，我也一直不知道她把酒放在哪儿（当然，我找得也不是很仔细）。但有一点我很确定，在接下来的那些年里，我再也没有见她喝醉过，更没有见过她宿醉的样子。对我来说，这就足够好了。

20

我有很长时间没再见到利兹·达顿——至少一年，甚至更久。刚开始我挺想念她，但这种想念并没有持续很长时间。每当这种情绪出现，我就提醒自己，她背叛了老妈，而且情节严重。我一直在等老妈再交往一个会在家里过夜的朋友，但她没有，再也没有过。有一次我去问她，她说："一朝被蛇咬，十年怕井绳。你和我过得很好，这一点才最重要。"

我们确实过得很好。感谢雷吉斯·托马斯——在《纽约时报》畅销榜上待了二十七个星期——和另外几位新客户（其中之一是芭芭拉·米恩斯发掘的，当时她已经是全职员工了，2017 年老妈更是把她的名字也贴在了大门上），经纪公司重新站稳了脚跟。哈利舅舅回到了贝永的养老院（同一所机构，换了管理层），不算好得出奇，但总比先前好。老妈不再每天一早就脾气暴躁，而且还添置了几身新衣服。"非买不可，"那年她对我说，"我减掉了葡萄酒给我加上的十五磅肥肉。"

当时我在上中学，中学生活在某些方面很糟糕，在另一些方面还凑合，但有一点好得没话说：学生运动员每天最后几个课时要是没有课，就可以去体育馆、艺术教室或音乐教室，甚至直接放学。我只是篮球少年队的成员，赛季已经结束，但我的运动员资格还在。有时候我会溜进艺术教室，因为有个名叫玛丽·奥马利的性感小妞偶尔会在那儿消磨时间。假如她没在艺术教室里画她的水彩画，我就回家去。天气好的时候，我步行回家（自己一个人，这就不消说了），天气不好的时候，我搭公共汽车。

利兹·达顿重新出现在我生活中的那一天，我都没浪费时间去看玛丽在不在，因为我刚收到了一台崭新的 Xbox 游戏机作为生日礼物，一心只想回家打游戏。我一个人走在人行道上，背着我的书包（不再只挎在一个肩膀上了，六年级已经成了遥远的史前时代），这时我听见了利兹和我打招呼的声音。

"嘿，冠军，一向可好，宝贝？"

她靠在她的私家车上，一条腿的脚踝搭着另一条腿的脚踝。她穿牛仔裤和低胸衬衫，衬衫外面不是风雪衣，而是运动上衣，但胸口依然有纽约警察局的标记。她像以前一样拉开衣服给我看枪套，但这次枪套里不是空的。

"你好，利兹。"我小声说道。我低头看着自己的鞋，拐个直角走上了街道。

"等一等，我有话要和你说。"

我停下了，但没有转身看她，就好像她是美杜莎，只要看一眼她脑袋上的蛇发，我就会变成石像。"我不能和你说话。老妈会生气的。"

"她不需要知道。转过来，杰米，求你了。只能看见你的后背，我觉得好伤心。"

她听上去似乎真的很难过，于是我也难过了起来。我转过身。她的运动上衣已经合上，但我还是能看见手枪鼓鼓囊囊的轮廓。

"我希望你能陪我兜兜风。"

"这可不太好。"我说。我在想一个名叫拉莫娜·沙因贝格的女孩。学年刚开始的时候，她和我一起上过几节课，但有一天她忽然消失了。我的朋友斯科特·阿布拉莫维茨说，她父亲在打监护权官司期间劫走了她，带着她去了一个无法引渡回美国的地方。斯科特说他希望那儿至少满街棕榈树。

"我需要借助你的能力，冠军，"她说，"真的需要。"

我没有回答，但她肯定看得出我在天人交战，因为她对我展露了笑容——能点亮她那双灰眼睛的那种亲切笑容，那天她的笑容一点也不像雨夹雪。"也许到头来会一无所获，但我想试一试。我需要你试试看。"

"试试看什么？"

她没有立刻回答，只是向我伸出一只手。"雷吉斯·托马斯去世那天，我帮了你老妈。现在你就不肯帮我一把吗？"

严格来说，那天帮了老妈的人是我，利兹只是载着我们沿史布兰溪公园大道开了趟飞车，但路上她停车给我买了皇堡，而老妈只想尽快赶到目的地。另外，我说得口干舌燥的时候，她还给了我半杯可乐。于是我上车了。我并不心甘情愿，但我还是上车了。成年人拥有他们的力量，尤其是在恳求你的时候，而这正是利兹对我做的事情。

我问利兹要去哪儿，她说第一站是中央公园，在这之后也许还要去其他几个地方。我说假如我五点前不回家，老妈肯定会担心的。利兹说她会尽可能在五点前送我回家，但现在的事情非常重要。

她告诉了我究竟是什么事情。

21

自称锤神的疯子在伊斯特波特引爆了他的第一颗炸弹，这个小镇位于长岛，不远处就是斯宾昂科，也就是哈利舅舅的小屋（一个文学笑话¹）所在之处。那是 1996 年的事了，当时锤神把一根炸药连在定时器上，扔进金库伦超市洗手间外的垃圾箱里。所谓定时器只是个便宜闹钟，但它发挥了应有的作用。晚上九点超市打烊的时候，炸弹爆炸了，三名超市员工因此受伤。其中两人只受了点皮外伤，但第三个人刚好在炸弹爆炸时走出男厕所，他失去了一只眼睛，右臂从肘部以下截肢。两天后，一封信寄到了萨福克县警察局。信是用 IBM 电动打字机打印的，上面写着：喜欢我之前的作品吗？后面还有！锤神。

锤神引爆了十九颗炸弹，然后终于死了人。"十九颗啊！"利兹叫道，"他并不是不想杀人。他放置炸弹的地点遍及纽约五大区，还给新泽西也送了两颗，分别在泽西市和利堡。他用的全都是黄色炸药²，加拿大制造。"

但伤残人数相当高。到那位老兄因为在莱辛顿大道拿起不该拿的投币电话而丧命时，伤残人数已经接近五十。每一次爆炸后都有一封信寄给爆炸所在辖区的警察局，信里的内容永远相同：喜欢我之前的作品吗？后面还有！锤神。

在理查德·斯卡利塞（就是在电话亭被炸死的那个人）遇害前，每两次爆炸之间都隔着相当长的一段平静期，相距最近的两次爆炸也隔着六个星期，最长的一段休眠期接近一年。然而，在斯卡利塞遇害之后，锤神加快了速度。炸弹变得越来越大，定时器也越来越复杂。从 1996 年到 2009 年，加上电话亭那次一共只有二十颗炸弹。从 2010 年到 2013 年 5 月利兹重新回到我生活中的那个阳光灿烂的日子，他又设置了十颗炸弹，导致二十人受伤，三人身亡。到了这个时候，锤神就不仅仅是个都市传说了，他也不再是纽约一台的台柱，而是成了全国性的话题。

---

1 指斯托夫人的代表作《汤姆叔叔的小屋》。
2 可塑性固态炸药，含 75% 的硝化甘油和 25% 的硅藻土。

他擅长避开摄像头，在他无法避开的监控画面中，他也只是个穿大衣、戴墨镜的普通男人，洋基队的棒球帽拉得很低。他总是低着头，棒球帽的两侧和后部露出白发，但他有可能戴着假发。在他的十七年"恐怖统治"之中，执法部门组织了三个特别工作组去抓他。第一个工作组在他"统治期"的一个漫长休眠阶段宣告解散，警方认为他玩够了。第二个工作组在警察局大规模重组后解散。第三个工作组成立于2011年，当时情况变得越来越明显：锤神进入了疯狂状态。这些事情不全是利兹在我们去中央公园的路上告诉我的，有些是我后来自己查到的——连同其他的许多事情。

终于，两天前，警方在案子里取得了他们一直盼望的进展。山姆之子因为一张停车罚单而被捕，泰德·邦迪因为忘了开车头灯而落网，而真名肯尼思·艾伦·塞里奥特的锤神之所以被抓，是因为一位大楼管理员在倒垃圾日出了个小事故。他推着一辆装满垃圾桶的小车穿过小巷，前往门前的垃圾集散点，地面的坑洞害得小车颠了一下，一个垃圾桶翻了。他在收拾垃圾的时候发现了一捆电线和一片黄色碎纸，碎纸上印着"加拿科"这几个字。假如只有这些东西，他肯定不会立刻报警，但其中一根电线上接着一枚戴诺·诺贝尔公司的雷管。

我们来到中央公园，把车停在几辆普通警车旁边（后来我发现中央公园是个独立的辖区，隶属于纽约市第二十二警察分局）。利兹拿出"警察执行公务中"的牌子，把它放在仪表盘上。我们顺着第八十六大街走了一会儿，拐上通往亚历山大·汉密尔顿纪念碑的小径——这不是我后来才查到的，而是就写在该死的标牌上，或者铭牌，或者天晓得什么。

"大楼管理员用手机拍了电线、碎纸和雷管的照片，但特别工作组直到第二天才收到。"

"也就是昨天。"我说。

"对。我们一看就知道那是我们要抓的人。"

"当然，因为有雷管嘛。"

"对，但不只是雷管，还有那片碎纸。加拿科是加拿大的一家爆炸物生产商。我们要到了那栋楼所有住户的名单，没有实地走访就排除了绝大多数人，因为我们知道我们要找的是个男人，很可能单身，很可能是白人。只有六名住户完全符合这些条件，在加拿大工作过的只有一个。"

"谷歌一下就知道？"我开始感兴趣了。

"一点不错。其他的先不说，我们发现肯尼思·塞里奥特有美加双重国籍。他在白雪皑皑的辽阔北方做过各种各样的建筑工作，也负责过水力压裂和油页岩开采。他就是锤神，差不多可以肯定。"

我只瞥了一眼亚历山大·汉密尔顿，时间刚够我读完标牌，注意到他花哨的裤子。这时利兹抓住我的手，拉着我走向雕像后不远处的一条小径——更确切地说，她拖着我走。

"我们带着特警小队冲进去，但他的小窝已经空了。不是搬走了的那种空，他的东西全都在，但他本人不在了。非常不幸，尽管我们叮嘱管理员别多嘴，但他没有把他的大发现当作秘密守住。他告诉了几个住户，结果消息传开了。我们在那套公寓里发现了一些东西，其中有一台 IBM。"

"那是一种什么打字机吗？"

她点点头。"这种机器配有不同的打字单元，内置不同的字体。机器里的字体刚好符合锤神寄给警方的信。"

在我们来到小径和已经不在那儿的长椅之前，我还要说一说另一件我后来发现的事情。她说塞里奥特自己露出马脚是真的，但她一直在说"我们"——我们这个，我们那个，但利兹并不是锤神特别工作组的成员。她曾经是第二个工作组的成员，那个工作组在警察局内部重组时解散，当时所有人都像没头苍蝇似的乱撞。到了 2013 年，利兹·达顿已经只剩下一个脚趾还站在纽约警察局里了。她之所以还有这个立足之地，仅仅是因为警察的工会特别牛逼，她剩下的身子已经被踢出了大门。内务部围着她打转，就像秃鹫见到公路上刚被撞死的动物。她去学校接我的那天，就算有个要抓连环乱扔垃圾者的特别工作组，她也不可能挤进去。她需要一个奇迹，而我就是她的救命稻草。

"到了今天，"她继续道，"五大区的所有警察都拿到了肯尼思·塞里奥特的名字和体貌特征。出城的所有道路都有人眼和摄像头监控——相信你肯定知道，摄像头的数量可不少。抓住这家伙，无论死活，成了我们的头等大事，因为我们担心他会决定来个光荣殉爆。比方说去第五大道的萨克斯店门口引爆炸弹，或者去中央车站。但他帮了我们一个忙。"

她停下脚步，指着路边的一个地方。我注意到草丛被压平了，就好像曾经有许多人站在那儿。

"他走进公园，找了个长椅坐下，掏出一把鲁格点四五手枪，轰碎了自己的脑袋。"

我望着那个地方，惊讶得说不出话来。

"长椅在牙买加大道的法医实验室，但他就是在这儿自杀的。所以我的问题来了：你能看见他吗？他在这儿吗？"

我环顾四周。我不知道肯尼思·艾伦·塞里奥特的长相，但既然他轰碎了自己的脑袋，那我就不可能看漏这个人了。我看见几个孩子在扔飞盘让狗接（狗没系牵引绳，这是中央公园禁止的），看见几个女人在慢跑，几个孩子在玩滑板，小径远处有几个老人在读报，但我没看见任何人的脑袋上有个窟窿，我把这个结果告诉了她。

"该死，"利兹说，"唉，好吧。我们还有两个机会——至少我知道还有两个。他在第七十大街的天使之城医院当勤杂工，从搞建筑到做这种事确实很跌份，但他毕竟七十多岁了。另一个地方是他住的公寓楼，在皇后区。冠军，你觉得哪个地方更有可能？"

"我觉得我想回家了，他有可能在任何一个地方。"

"是吗？你不是说死人会在活着的时候最常待的地方逗留吗？然后他们就，怎么来着？永远消失了？"

我不记得我到底有没有对她说过这些了，但她没说错。然而，我还是觉得我越来越像拉莫娜·沙因贝格——换句话说，被绑架了。"为什么要费这个劲呢？他不是死了吗？已经结案了。"

"没这么简单。"她弯腰看着我的眼睛。2013年她不需要弯得太低，因为我正在长高，当然离我现在的六英尺还差得远，但也长了好几英寸。"他的衬衫上别着一封信。信里说，还有一颗炸弹，而且是个大家伙。见鬼去吧，咱们地狱见。署名是锤神。"

好吧，情况这就不一样了。

22

我们先去天使之城医院，因为医院离公园比较近。医院门口没有脑袋上开了洞的男人，只有几个人在抽烟，于是我们走急诊通道进去。急诊室里坐着很多人，其中一个人的脑袋在流血。我觉得他的伤口更像撕裂伤，而不是子弹打出来的，另外他也比利兹描述的肯尼思·塞里奥特年轻，但以防万一，我还是问了问利兹她能不能看见他。她说能看见。

我们走到前台，利兹出示警徽，说她是纽约警察局的警探，问前台女士这里有没有供勤杂工存放东西和换衣服的房间。前台女士说有，但其他警察已经来过，清空了塞里奥特的柜子。利兹问其他警察还在不在，前台女士说不在，最后一个警察也在几小时前离开了。

"我还是想去扫一眼，"利兹说，"麻烦告诉我该怎么走。"

前台女士说搭电梯到 B 层，下电梯后右转。她对我微笑，说："年轻人，你在帮你老妈破案吗？"

我想说呃，她不是我老妈，但又觉得我确实在帮她，因为她希望塞里奥特先生还在这儿晃悠，而我能看见死人。这么说当然不会有好结果，于是我就默认了。

但利兹没有默认。她说学校里的护士认为我也许得了传染性单核细胞增多症，带上我是想在走访塞里奥特工作地点的同时顺便给我看病。所谓一石两鸟就是这个意思。

"你最好还是去约你们自己的医生，"前台女士说，"这地方今天就是个疯人院。你需要等好几个小时呢。"

"看来是的。"利兹赞同道。我心想她说话的语气真是自然，她撒谎骗人实在是一把好手。我无法判断我的感受是厌恶还是佩服，我猜两者都有一点。

前台女士探出身子，她的大胸脯把台面上的文件推向前方，我看得入迷，不禁想到了我在电影里见过的破冰船。她压低声音说："告诉你们吧，所有人都很震惊。肯尼思是勤杂工里年纪最大的一个，而且他的态度也最好。他工作认真，愿意讨好别人，无论别人叫他做什么，他总是二话不说就去做，而且面带微笑。想象一下，我们的一个同事是杀人狂！你们知道这证明了什么吗？"

利兹摇摇头，显然很不耐烦，只想立刻离开。

"这证明了人心隔肚皮，"前台女士说，她的语气像是在宣布永恒不变的真理，"人心隔肚皮啊！"

"只能证明他很擅长掩饰。"利兹说。而我心想，一个人想了解另一个人并不容易。

进了电梯，我问："既然你在特别工作组里，那你怎么没和他们一起行动？"

"别傻了，冠军。难道我要带你去见工作组吗？编故事哄前台的接待员就已经够累人了。"这时电梯停下了，"要是有人问，你要记住你为什么会来医院。"

"传染性单核细胞增多症。"

"没错。"

不过没人问我。勤杂工的更衣室里更没人了，门口贴着"警方调查现场，闲人请勿入内"的黄色胶带。利兹和我从胶带底下钻进去，她抓着我的手。房间里有几条长椅、几把椅子和二十几个锁柜，还有冰箱、微波炉和吐司炉。吐司炉旁边有一盒打开的即食蛋挞，我倒是不介意来上一个。肯尼思·塞里奥特不见踪影。

姓名牌用透明胶带贴在锁柜的门上，利兹打开塞里奥特的锁柜。取指纹的粉末没擦干净，因此她用手帕包着手指。她动作很慢，像是以为他会藏在里面，就像小孩衣柜里的怪物。塞里奥特算是某种怪物，但他确实不在。锁柜里空空如也，警察拿走了所有东西。

丽莎又骂了一声。我掏出手机看了看时间，已经三点二十了。

"我知道，我知道。"她说，看上去垂头丧气。尽管我不喜欢她在校门口堵我，带着我东奔西跑，但我对她的同情还是油然而生。我记得托马斯先生如何说我老妈显老，此刻我觉得老妈绝交的这位朋友也增添了老相，而且还瘦了。另外，我不得不承认，我挺佩服她的。她想做好事，拯救人命，就像电影里的主角，想要独自解决案件的孤狼警探。也许她确实在乎可能被锤神的最后一颗炸弹炸上天的无辜百姓，很可能她真的在乎，但现在我知道了，她同时也想保住自己的工作。我不愿意认为那是她的首要目标，但考虑到后来发生的事情——我会说到的——我不得不这么认为。

"好吧，最后试一下。冠军，别总是看你该死的手机，我知道现在几点。要是我不在你老妈回家前把你送进门，无论你会遇到多少麻烦，我的麻烦只会更大。"

"她也许会在回家前请芭芭拉喝一杯。芭芭拉现在是全职员工了。"我不知道我为什么要说这些，可能是因为我想拯救无辜的生命吧，但我觉得继续查下去也是白费力气，因为我不认为我们真的能找到肯尼思·塞里奥特。利兹像是受到了巨大的打击，她看上去被逼进了死角。

"好的，算咱们走运，"利兹说，"现在需要的只是再来一点好运了。"

23

弗雷德里克公寓楼是一栋十二层或者十四层的灰色砖石大楼，一楼和二楼的窗户上有铁栏杆。我在公园宫殿里长大，与之相比，这儿看上去不像公寓楼，而是更像《肖申克的救赎》里的监狱。利兹很清楚我们没法混进大门，更别说进入肯尼思·塞里奥特的房间了。这地方挤满了警察，看客站在街道中央，尽可能凑近警方筑起的防御工事，咔嚓咔嚓地拍照。电视台的面包车停在街区两头，支起天线，线缆拉得到处都是。甚至有一架四频道的直升机在天上盘旋。

"看，"我说，"斯泰茜-安妮·康韦！她在纽约一台！"

"你猜猜我他妈在不在乎。"利兹说。

我不吭声了。

我们在中央公园和天使之城医院的运气很好，没有遇到记者，此刻我意识到原因很简单，因为警察都到这儿来了。我望向利兹，看见一滴眼泪淌下她的面颊。"也许咱们可以去他的葬礼上看看，"我说，

"也许他在那儿。"

"他肯定会被火化，市政府掏钱，不对外宣布。他没有亲属，他的亲人都死在他前面。我送你回家吧，冠军，很抱歉，拖着你跑到这么远的地方来。"

"没关系。"我拍了拍她的手。我知道老妈不会喜欢我这么做，但老妈不在这儿。

利兹驾车掉头，驶向昆斯博罗桥。从弗雷德里克公寓楼开出来一个街区，我往身旁的车窗外瞅了一眼，看见一家小杂货店，我说："我的天哪，他在这儿。"

她瞪大眼睛盯着我。"你确定吗？杰米，你确定吗？"

我一弯腰，把午饭吐在了两只运动鞋之间。这就是她需要的全部答案。

24

我不敢说他看上去和中央公园那位老兄一样糟糕，因为那是很久以前的事情了，但我觉得他的情况可能更糟糕。一旦你见过横死会把人的身体弄成什么样子——不管是事故、自杀还是谋杀——这种比较也许就失去了意义。肯尼思·塞里奥特，别名锤神，他的样子很可怕，明白了吗？真的很可怕。

杂货店门口的两侧各有一张长椅，我猜是为了方便顾客坐下吃他们买的东西。塞里奥特坐在其中一张长椅上面，两只手搁在穿着卡其裤的大腿上。人们走来走去，前往各自要去的地方，一个黑人小孩夹着滑板走进杂货店，一个女人拿着一杯热气腾腾的咖啡出来，两个人连一眼都没看塞里奥特坐的那张长椅。

他肯定是右利手，因为他头部的右侧显得没那么糟糕。他的右太阳穴上有个弹孔，直径和十美分硬币差不多，也许稍微小一点。弹孔周围是一圈黑色，有可能是瘀斑，也可能是火药，多半是火药。我猜他的身体应该没有时间凝聚足够多的血液来形成瘀斑。

真正的创伤出现在头部左侧，也就是子弹打出去的地方。那一侧的窟窿和甜品盘差不多一样大，周围是犬牙交错的参差碎骨。他头上的皮肉肿了起来，像是受到了严重感染。他的左眼被推向左侧，从眼眶里鼓出来。最糟糕的是，一块灰色的肉从他脸上淌了下来，那是他的大脑。

"别停车，"我说，"继续开。"呕吐物的气味非常刺鼻，我的嘴里黏糊糊的。"求你了，利兹，我做不到。"

但她没有听我的，而是开到街区尽头的消防栓旁，贴着路沿停下。"你不能放弃。我也不能放弃。对不起了，冠军，但我们必须知道真相。现在你给我振作一下，免得大家盯着咱们看，以为我在虐待你。"

但你就是在虐待我，我心想。而且我必须帮你搞到你想要的信息，否则你不会放过我。

我嘴里尝到的味道是我在学校食堂吃的意大利小方饺。我刚意识到这一点，就立刻推开车门，探出身子，又吐了几口，就像在中央公园看到死人的那天，我终究没能去超高级的波浪山公园，参加莉莉的生日派对。这种既视感我可不想要。

"冠军！冠军！"

我转向她，她把一叠面巾纸递给我（告诉我哪个女人的包里没有面巾纸，我反正一个都没见过）。"擦干净你的嘴，然后给我下车。表现得正常一些，咱们速战速决。"

我看得出她是认真的——她得不到她想要的东西，我们就不会离开这儿。坚强一点，我心想，我能做到。我必须做到，因为无辜者的生命危在旦夕。

我擦干净嘴，下车。利兹拿出"警察执行公务中"的牌子，放在仪表盘上——相当于大富翁里免罪卡的警方版。她下车绕过来，而我站在人行道上，望着洗衣店里的女人叠衣服。这个景象不怎么有趣，但能让我不去看那个脑袋被打烂的男人，至少可以暂时不看。很快我就不得不看了，更糟糕的是（上帝啊），我必须和他交谈——前提是他还能说话。

我不假思索地伸出手。十三岁也许已经太大了，不该和路人认为（要是他们愿意费神端详一下我们的话）是我老妈的女人手拉手，然而等她握住我的手，我却非常高兴。高兴极了。

我们往回走向杂货店。我希望有几英里要走，可惜只有半个街区。

"他具体在哪儿？"她压低声音问我。

我冒险看了一眼，确定他没动过地方。是的，他还在长椅上，而我刚好看见他头上的深坑，那里曾经容纳着他的思绪。他的耳朵还在脑袋上，但被打烂了，我不由得想起四五岁时看过的一集《土豆先生》。我的胃里又一阵发紧。

"勇敢一些，冠军。"

"别再叫我冠军了，"我勉强道，"我不喜欢。"

"收到。他在哪儿？"

"坐在长椅上。"

"门这边的长椅，还是——"

"对，就是这边。"

我再次望向他。我们现在太近了，所以我没法不看，而我见到了一件很有意思的事情。一个男人从店里走出来，胳膊底下夹着报纸，一只手里拿着热狗，热狗装在用来保温的锡箔袋里（要是你相信那东西能保温，还不如去相信月亮是用发霉奶酪做的）。他正要在另一张长椅上坐下，都已经从袋子里往外倒热狗了，但他忽然停下，扫了一眼我、利兹和我们这张长椅，然后转身顺着街区向前走，换个地方去吃他的热狗了。他没看见塞里奥特，要是看见了，他肯定会拔腿就跑，多半还会一路尖叫，但我认为他感觉到了塞里奥特的存在。不，不是认为，我相当确定。真希望我当时能多注意一些，但我心烦意乱，相信你一定能理解。要是你不理解，只能说明你脑子有问题。

塞里奥特转过头来，我不由得喜忧参半。喜是因为这样一来，我就看不见子弹出口情况最糟糕的那块地方了。忧是因为我看到了他的正脸：半边很正常，另外半边肿得失去了形状，就像《蝙蝠侠》漫画里的双面人。最糟糕的一点是，现在他在看我。

我能看见死人，他们知道我能看见。一直都是这样。

"问他炸弹在哪儿。"利兹说。她的话是从嘴角挤出来的，就像喜剧电影里的间谍那样。

一个女人走上人行道，身上的背带兜里还有一个婴儿。她怀疑地看了我一眼，也许因为我看上去不太正常，也许因为我散发着呕吐物的气味，也许两者都有，但我已经不在乎了。现在我只想完成利兹·达顿带我来这儿完成的任务，尽快他妈的脱身。我等带婴儿的女人走进店里才开口。

"炸弹在哪儿，塞里奥特先生？你的最后一颗炸弹。"

刚开始他没有回答。很好，我想，他的脑子被轰碎了，他人在这儿，但没法说话，整件事就此画下句号。但随后他开口了，他的声音和他嘴唇的动作对不上，我意识到他在从另外某个地方和我说话，比方说有延迟的地狱。我吓得魂不附体，假如我当时知道有什么恐怖之物进入了他，控制了他的身体，那么情况一定会更加糟糕。但我知道这一点吗？我敢确定吗？我并不敢确定，但差不多算是知道吧。

"我不想告诉你。"他说。

我震惊得说不出话了。在此之前，死人从没这么回答过我的问题。是的，我的经验很有限，但直到此刻，我都以为只要我问，他们就必须对我说实话，而且永远如此。

"他说什么？"利兹问，她依然在从嘴角说话。

我没理她，又问了一遍塞里奥特。周围没有其他人，于是我提高了嗓门，把每个字都说得格外清楚，就好像对方是个聋子或者英语水平十分有限："炸弹……在……哪儿？"

我过去以为，死人感觉不到疼痛，他们已经解脱了。尽管塞里奥特的脑袋上有个被他自己弄出来的巨大伤口，但他似乎并没有受到痛苦的折磨。然而我话音刚落，他浮肿的半张脸就扭曲了起来，就好像我不是在向他提问，而是在用火烧他，或者朝他的肚子捅了一刀。

"我不想告诉你！"

"他说什——"利兹再次开口，但就在这时，抱着婴儿的女人走出了杂货店。她手里拿着一张彩票，背带里的婴儿拿着一小条奇巧巧克力，还把巧克力抹得满脸都是。婴儿望向塞里奥特坐的那张长椅，忽然哭了起来。母亲肯定以为她的孩子在看我，因为她又扫了我一眼，这次眼神里的怀疑多了一百万倍。她加快步伐走掉了。

"冠军……呃，我是说，杰米……"

"闭嘴。"我说。想到我这么对大人说话肯定会招来老妈的厌恶，我又说："拜托了。"

我重新转向塞里奥特。他疼得龇牙咧嘴，被毁坏的面容显得更惨烈了，突然，我发现我并不在乎他。因他伤残的人能塞满医院里的一个病区，更不用说还有人因他而死呢，假如他别在衬衫上的信不是在撒谎，那么他死后还想杀死更多的人。我希望他多受点苦。

"炸弹……在……哪儿……狗娘……养的？"

他用双手紧紧地捂住腹部，像抽筋似的弯下腰，呻吟起来。最后他终于放弃了。"金库伦。伊斯特波特镇的金库伦超市。"

"为什么？"

"我觉得应该从哪儿开始就在哪儿结束，"他用一根手指在半空中画了个圆，"这样就闭环了。"

"不，我问的是你为什么要这么做？为什么要放那些炸弹？"

他笑了，这一笑挤破了他浮肿的那半边脸。我依然能看见这一幕，永远也不可能忘记。

"因为。"他说。

"因为什么？"

"因为我想放。"他说。

25

我把塞里奥特的话原原本本地告诉利兹，她兴奋得都忘乎所以了。我能理解，反正她又不需要盯着一个轰掉了自己半边脑袋的老家伙看。她说她必须去店里买些东西。

"你要扔下我在这儿陪他？"

"不，你先往回走，在车旁边等我。我去去就来。"

塞里奥特坐在长椅上看我，我能感觉到他的视线。他的一只眼睛多少还算正常，另一只则整个脱出了眼窝。我不禁想到有一次我去野营，结果感染了跳蚤，不得不用一种臭烘烘的特殊香波洗澡，洗了五次才彻底把跳蚤消灭。

香波无法消除塞里奥特带给我的感觉，只有远离他才可能做到，于是我照利兹说的做。我一直走到洗衣店，发现那个女人还在叠衣服。她看见我，朝我挥了挥手。我回忆起了喉咙上有个窟窿的小女孩，想到她朝我挥手的样子，有一个可怕的瞬间，我以为洗衣店里的女人也是死人。但死人不可能叠衣服，他们只会傻站着或者傻坐着，就像塞里奥特一样。于是我也朝她挥挥手，甚至挤出了一个微笑。

我转身望向杂货店。我告诉自己，这是为了看看利兹有没有出来，但这不是真正的原因。我想知道的是塞里奥特是不是还在看我。是的，他还在看。他抬起一只手，掌心向上，三根手指指向掌心，一根手指指着我。他弯曲那根手指，一次，两次，非常慢。孩子，你过来。

我走回去，两条腿像是有了自己的主意。我不想过去，但我似乎控制不住自己。

"她根本不在乎你，"肯尼思·塞里奥特说，"完全不在乎，一丁点都不在乎。孩子，她在利用你。"

"去你妈的，我们在拯救生命。"附近没人经过，但就算有人，他也不可能听见我在说话。塞里奥特夺走了我的声音，我的音量连耳语都比不上。

"她只想拯救自己的工作。"

"你不可能知道，你只是个精神变态，何况你也不认识她。"我依然只能耳语，而且觉得自己快尿在裤子里了。

他一言不发，只是狞笑，这就是他的回答了。利兹走出杂货店，拎着多年前购物时店家还会提供的那种廉价塑料袋。她望向长椅，但她看不见被毁容的男人坐在那儿。她看着我说："你怎么还在这儿，冠……杰米？我叫你去车上等了。"我还没来得及回答，她又开口了，声音又快又急，就好像我是警匪剧中坐在审讯室里的犯人："他还对你说什么了吗？"

说你只在乎能不能保住工作。我想这么说，但也许我已经知道了。

"没有，"我说，"利兹，我想回家了。"

"好的，好的。等我再做完一件事。不，其实是两件，我还得清理车上你吐的东西呢。"她搂住我的肩膀（就好像她是个好母亲一样），带着我往回走过洗衣店。我本来还想朝叠衣服的女人挥挥手，但这会儿她背对着我。

"我安排了一个人。我还以为没机会用到他了，但多亏了你……"

我们走到车旁，她从购物袋里取出一只翻盖手机，手机的吸塑包装还没拆掉。我靠在一家修鞋店的橱窗上，看着她摆弄手机，等她好不容易把手机设置好，已经四点一刻了。要是老妈去和芭芭拉喝一杯，我们就能在她到家前赶回去……但我能把今天下午的大冒险藏在心里吗？我不知道，在那一刻，保守秘密似乎也没那么重要。我希望利兹至少能开车拐个弯，我为她做了那么多，她多容忍一会儿呕吐物的气味也没什么，但她太激动了。另外，她还有一颗炸弹需要考虑呢。我想到我看过的那些电影，定时器上的数字直往下降，灰飞烟灭的一刻越来越近，主角必须决定应该剪红线还是蓝线。

她开始打电话。

"科尔顿？对，这是我临时……闭嘴，你听着就行，你该为我做点事情了。你欠我一个人情，一个很大的人情，现在是回报的时候了。我告诉你等会儿要怎么说，你录下来，再……闭嘴，听我说！"

她的语气太凶恶了，我忍不住退了一步。我从没听过利兹这么说话，这时我意识到，这是我第一次见到她在另一部分生活中的样子，她和人渣打交道的警察生活。

"你录下来，再写下来，然后再打给我。现在就做。"她等了一会儿。我偷偷地瞥了一眼杂货店。两张长椅都空了。我应该松一口气的，但不知道为什么，我并没有这种感觉。

"准备好了？好的。"利兹闭上眼睛，摒弃一切杂念，把注意力放在她想说的话上。她说得很慢、很清晰。"到时候你就说：'假如肯[1]·塞里奥特真的是锤神……'我会在这儿停下，说我想录音。你等我说'继续，从头开始'，听懂了吗？"她听了一会儿，直到科尔顿（天晓得他是谁）说他听懂了，"然后你说：'假如肯·塞里奥特真的是锤神，他以前经常说他要从哪儿开始就在哪儿结束。我打电话给你是因为咱们在 2008 年谈过，我留着你的名片呢。'记住了吗？"又是一阵停顿。利兹点点头。"很好。我会问你是谁，你直接挂电话就行。立刻打给我，时间非常紧迫。你搞砸了，我他妈就搞死你，你知道我能做到。"

她挂断电话，在人行道上踱来踱去。我又瞄了一眼长椅，上面是空的。塞里奥特（他剩下的那部分）也许回家去了，看看他可爱的弗雷德里克公寓楼如何闹得人声鼎沸。

利兹运动上衣的口袋里响起了《流言蜚语》的前奏鼓声。她掏出手机，说"你好"。她听了一会儿，说："等一等，我要录音。"她开始录音，然后说："继续，从头开始。"

等他们演完剧本，利兹挂断电话，收起手机。"没我想象中那么有力，"她说，"但局里会在乎吗？"

"应该不会，只要能找到炸弹就行。"我说。利兹吓了一小跳，我意识到她是在自言自语。我做完了她要我做的事情，现在只是个累赘了。

购物袋里有一卷厕纸和一罐空气清新剂。她擦干净我的呕吐物，把垃圾扔进阴沟（后来我发现，乱扔垃圾要罚款一百美元），往车里猛喷鲜花香味的气雾剂。

"上车。"她对我说。

我刚才一直背对着车门，这样就不需要看见消化到一半的小方饺午饭了（至于清理呕吐物，我觉得她至少该为我做这点事），等我转身

---

1 肯尼思的昵称。

上车的时候，我看见肯尼思·塞里奥特就站在后备厢旁。他离我很近，一伸手就能碰到我，而且他还在狞笑。我几乎尖叫起来，还好我看见他的时候呼吸刚好卡在两口气之间，胸口不可能接着扩张，继续往里面吸气。那一刻的感觉就好像我所有的肌肉都睡着了。

"咱们回头见。"塞里奥特说。他的狞笑愈发灿烂，我看见他的牙齿和面颊之间有一团凝血。"冠军。"

26

利兹只开了三个街区就再次停车。她掏出手机（她自己的那只，不是刚买的一次性手机），然后望向我，注意到我在颤抖。那一刻我很需要一个温暖的拥抱，但她只是拍了拍我的肩膀，算是在表达同情。"延迟反应，小子，我很清楚。会过去的。"

她打了个电话，说她是达顿警探，找戈登·毕晓普。我猜对方说他在忙，因为利兹说："就算他在火星上我也不在乎，给我接过去。十万火急。"

她等了一会儿，空着的那只手轻轻敲打方向盘，接着她突然坐直了。"戈登，是我，达顿……对，我知道我不在，但你必须听听这个。我收到一条关于塞里奥特的线报，打电话的是我以前在案子上盘问过的一个人……不，我不知道是谁。你们必须去查一查伊斯特波特镇的金库伦超市……对，他第一次犯案的地方。仔细一想，真是有几分道理。"她听了一会儿，然后说，"你开玩笑吗？咱们当时盘问过多少人？一百？两百？这样吧，我把对话放给你听。我录音了，希望我的手机没毛病。"

她知道她的手机一切正常，刚才开过那三个街区的路上，她检查过了。她播放录音给对方听，放完后说："戈登？你听……妈的。"她放下电话。"他挂断了，"利兹阴沉着脸朝我笑笑，"他非常讨厌我，但他会去查的。他知道要是不去查，出了事责任都是他的。"

毕晓普警探确实去查了，当时他们已经在挖掘肯尼思·塞里奥特的过往，还在利兹的"匿名线报"里发现了一块闪闪发亮的金子。成年后，塞里奥特进入建筑业工作，退休后在天使之城医院当勤杂工。但在此之前，他在韦斯特波特镇长大，看名字就知道这个小镇紧挨着伊斯特波特镇[1]。高中的最后一年，他在那家金库伦超市当送货员和理货员，却被逮住偷店里的东西。第一次，塞里奥特吃了个警告。第二次，他被开除了。但盗窃似乎是个很难戒掉的恶习，后来他从在超市行窃转向了偷炸药和雷管。警方后来在皇后区的一个储物柜里发现了大量的炸药和雷管——全都有些年头了，全都来自加拿大。我猜以前的边检比现在宽松得多。

"现在可以送我回家了吗？"我问利兹，"求你了。"

"好的。你会把今天的事情告诉你老妈吗？"

"我不知道。"

她笑着说："我话还没说完呢。你当然会告诉她，但没关系，我一点也不在乎。知道为什么吗？"

"因为没人会相信。"

她拍拍我的手。"没错，冠军。一杆进洞。"

---

1 这两个小镇的原名分别为 Westport 和 Eastport，直译为"西波特"和"东波特"。

27

利兹在路口放我下车，然后一溜烟地跑了，我走向公寓楼。老妈没去和芭芭拉喝一杯，芭芭拉感冒了，说她下班后就回家。老妈坐在台阶上，手里攥着手机。

她看见我走过来，飞奔下台阶，惊恐地搂住我，紧得我都喘不上气了。"詹姆斯，你他妈去哪儿了？"读者应该已经猜到了，她只有在超级生气的时候才会叫我詹姆斯，"你怎么能这么没脑子？我打电话给每一个人，我都要以为你被绑架了，我甚至想打给……"

她放开我，把我推到一臂之外。我看得出她哭过，这会儿又要掉眼泪了，我不禁觉得非常难受，尽管这完全不是我的错。我觉得只有老妈才能让我觉得自己连一坨鲸鱼屎都比不上。

"是利兹吗？"她没有等我回答，立刻说，"是她。"她的声音变得低沉，像是想杀人。"那个臭婊子。"

"我必须和她去，老妈，"我说，"真的必须去。"

我也哭了。

28

我们走上楼，老妈煮了咖啡，给我倒了一杯。这是我这辈子第一次喝咖啡，从此我就迷上了这东西。我几乎把一切都告诉了她：利兹如何在学校门口等我，如何说无辜群众的生命取决于我们能不能找到锤神的最后一颗炸弹，我们如何去医院，如何去塞里奥特住的公寓楼。

我甚至说了塞里奥特看上去多么可怕，子弹把他的脑浆从头部一侧轰了出去，但我没有告诉她，我一转身就看见他站在利兹的车旁边，近得足以抓住我的胳膊……当然了，前提是死人能抓东西。我一点都不想知道他们到底能不能做到。我也没有告诉她锤神说了什么，但那天晚上我上床时，那句话在我的脑海里回荡，就像一口破钟隆隆震响："咱们回头见……冠军。"

老妈不停地说"没事了"和"我理解"，但她看上去越来越焦虑了。她肯定知道长岛发生的事情，我也知道。她打开电视，我们一起坐在沙发上看新闻。纽约一台的刘易斯·多德利站在被警方路障截断的马路上直播。"警方对这条线报似乎非常认真，"他说，"根据萨福克县警察局的内部消息——"

电视台的直升机在弗雷德里克公寓楼上空盘旋，我心想它肯定有充足的时间飞到长岛，于是我从老妈腿上拿起遥控器，换到四频道。没错，金库伦超市的屋顶出现在了屏幕上，停车场里全是警车。一辆大型厢式车停在正门口，它肯定属于拆弹组。我看见两个戴头盔的警察牵着两条嗅探犬走进超市。直升机飞得太高，我看不见拆弹组的警察在戴头盔之外有没有穿防弹衣，但我相信他们肯定穿了。嗅探犬什么都没穿，要是锤神的炸弹在他们进去后爆炸，嗅探犬肯定会被炸成肉酱。

直升机上的记者说："我们获悉所有顾客和工作人员都已安全疏散。尽管这有可能只是另一起假警报，但锤神在他的恐怖统治（对，他真的这么说了）期间已经造成了大量伤亡，严肃对待一切线索永远不会有错。我们都知道这里是锤神第一次放置炸弹的场所，目前警方还没有找到炸弹。演播室，现场的情况就是这样。"

新闻播音员的背景图是一张塞里奥特的照片。这张照片很可能是他在天使之城医院的证件，因为照片里的他显得很老。他不是电影明星，但比起坐在长椅上的他，照片里的他要好看一万倍。利兹编造的线报本来不会被认真对待，但局里有一名老警探想起了他童年时发生过的一起案件，那个罪犯的名字是乔治·梅特斯基，媒体称之为"疯狂炸弹客"。梅特斯基的恐怖统治从 1940 年开始，到 1956 年结束，在此期间，他一共放置了三十三颗管式炸弹，犯罪的根源是类似的积年旧怨，他的仇恨对象是联合爱迪生公司。

新闻媒体的某位调研人员脑子也转得飞快，得出了同样的结论，于是梅特斯基的脸也出现在播音员背后，但老妈懒得去看那个老家伙——说起来，他和身穿勤杂工制服的塞里奥特长得极像。她拿着手机翻了一阵，然后嘟囔着去卧室找地址簿，我猜她在那次因重大责任而起的争执后删掉了利兹的号码。

电视插播某种药物的广告，于是我溜到她的卧室门口去偷听。要是我多等一会儿，就肯定什么都不会听到了，因为这个电话很短。"利兹，是我，蒂亚。闭嘴，听我说。我会为你保守秘密，理由显而易见。但要是你再来骚扰我儿子，只要他再看见你一眼，我就毁了你的一辈子。你知道我能做到，只需要轻轻一推就行。你离杰米远一点。"

我跑回沙发上，假装沉浸在下一个广告中，可惜这么做毫无意义，就像公牛的奶头。

"你听见了？"

她的眼睛在冒火，我知道我不能撒谎，于是点点头。

"很好。要是你再看见她，给我拔腿就跑，回家以后要告诉我。听清楚了？"

我又点点头。

"行了，好好好。我叫外卖，你要比萨还是中餐？"

29

那个星期三晚上八点左右，警方找到并拆除了锤神的最后一颗炸弹。老妈和我正在看《疑犯追踪》，这时电视忽然插播了一则特别要闻。嗅探犬在店里走了好多趟，但一无所获，拆弹组的驯犬员正要带它们出去的时候，一条嗅探犬忽然在家庭用品区叫了起来。他们已经在那附近走了几趟，置物架上没有能隐藏炸弹的地方，还好一名警员抬头看了看，发现有一块天花板稍微歪了一点点。炸弹就藏在那上面，在屋顶和天花板之间，用橙色弹力带（就是蹦极跳用的那种带子）绑在钢梁上。

塞里奥特在这颗炸弹上真可谓倾尽心血——十六条炸药和十几个雷管。他把闹钟抛到了十万八千里之外，将这颗炸弹连在了数字计时器上，非常像我脑子里想到的那些电影里的炸弹（一名警员在拆除炸弹后拍了张照片，照片登在第二天的《纽约时报》上）。炸弹原定于星期五晚间五点爆炸，那永远是超市最繁忙的时段。第二天，拆弹组的一名成员在纽约一台（我们又换回了老妈最喜欢的频道）上说，炸弹若是爆炸，整个屋顶都会垮塌。记者问这样的爆炸会造成怎样的伤亡，他却只是摇摇头。

星期四吃晚饭的时候，老妈说："杰米，你做了件好事，很了不起。利兹也一样，无论她出于什么动机。这让我想到马蒂说过的话。"她指的是伯克特先生——事实上是伯克特教授，他依然是荣休教授，还在带课。

"他说过的什么？"

"'上帝偶尔也会使用损坏的工具'，说这话的是他上课讲到的某个英国古典作家。"

"他总是问我在学校里学了什么，"我说，"每次听完他都摇头，好像觉得我受到的教育很差劲。"

老妈大笑。"这位教授满肚子学识，但依然犀利而专注。记得咱们和他一起吃圣诞晚餐那次吗？"

"当然，火鸡三明治配蔓越莓酱，好得没边了！那天还有热巧克力呢！"

"对，那天晚上咱们过得很高兴，他要是去世了我会很伤心的。快吃，还有苹果脆饼当甜点呢，芭芭拉做的。还有，杰米？"

我望向她。

"咱们能再也不提这件事吗？怎么说呢……彻底翻篇？"

我以为她只是在说利兹，甚至塞里奥特，但她也在说我能看见死人这件事。我们的电脑课老师会把这个叫作全局请求，我倒是愿意接受——事实上是乐于接受。"当然。"

那一刻，坐在灯火通明的厨房里吃比萨，我真的以为我们能完全忘记这件事。可惜我错了。接下来的两年里，我没再见过利兹·达顿，也几乎没想过她，但就在那个晚上，我又见到了肯·塞里奥特。

正如我一开始就说过的，这是个恐怖故事。

30

我都快睡着了，两只猫却忽然声嘶力竭地嗥叫起来，惊得我睡意全无。我们住在五楼，要不是窗户开了条缝透气，我本来不会听见猫叫——还有垃圾箱盖子随后发出的咣当一声。我起床去关窗，但手刚放在窗台上就愣住了：塞里奥特站在街对面，一盏路灯的灯光照亮了他。我立刻醒悟过来，猫嗥叫不是因为它们在打架，而是因为它们受到了惊吓。背带里的婴儿看见了塞里奥特，这两只猫也看见了，他是存心惊吓它们的。他知道我会到窗口来，就像他知道利兹叫我冠军一样。

他半毁容的那张脸露出笑容。

他朝我钩钩手指。

我关上窗户，想去老妈的房间，钻进她的被窝，但我已经是个大孩子了，不能这么做，而且这么做还会引来她的疑问。于是我只好拉上窗帘，回到床上躺下，仰望黑洞洞的天花板。我从没遇到过这种事，死人不会像流浪狗似的跟我回家。

没关系，我心想，过上三四天，顶多一个星期，他就会像其他死人一样消失。另外，他又不能伤害我。

但我能确定他无法伤害我吗？独自躺在黑暗中思考了一阵之后，我意识到我并不能确定。能看见死人并不等于我了解死人。

最后我又回到窗口，从窗帘缝向外偷看。我心里很确定他还在原处，甚至又在召唤我。他会用一根手指对着我……向我钩手示意。过来。来我这儿，冠军。

可是路灯下没有人，他不见了。我回到床上，过了很久才睡着。

31

星期五放学的时候我又看见了他。校门口有很多父母在等孩子，星期五总是这样，多半是因为他们要去其他地方过周末。他们看不见塞里奥特，但肯定感觉到了他的存在，因为他们都远远地绕开他站立的地方。没人用婴儿车推着孩子经过，但要是有，我知道婴儿看一眼人行道上的那个空位，就会撕心裂肺地哭号起来。

我拐回学校里，盯着教师办公室门口的海报，思考该怎么办。我猜我必须和他谈谈，搞清楚他想干什么，于是我决定立刻就去找他，趁着周围还有其他人在的时候。我不认为他能伤害我，但我不敢确定。

我先去了趟厕所，因为我突然感觉非要撒尿不可，可是等我站在小便器前，却连一滴尿都挤不出来。于是我走了出去，没有把书包背在肩上，而是抓着带子拎在手里。死人从没触碰过我，一次都没有过，我不知道他们能不能触碰我，但要是塞里奥特企图碰我，或者来抓我，我就要让他尝尝一整包书本的厉害。

但他消失了。

一个星期过去，然后两个星期。我放松下来，以为他的保质期总算过去了。

我参加了基督教青年会的少年游泳队，5月末的一个星期六，我们计划做最后的训练，为下周末即将在布鲁克林举办的一项赛事做准备。老妈给了我十美元，让我在训练结束后自己买东西吃，还叮嘱我（她一向如此）要锁好储物柜，以防被人偷走钱或手表（尽管我不知道为什么会有人想偷一块破烂天美时）。我问她来不来看我比赛，她从正在审的底稿上抬起头，说："我第四次回答你，杰米，我会来看的，已经记在我的日程表上了。"

这是我第二次（也许第三次）问她，但我没有说，只是亲了一口她的脸。我顺着走廊走向电梯，电梯门打开后，我发现塞里奥特站在里面，用他完整的一只眼睛和变形的另一只眼睛盯着我。他的衬衫上别着一张纸，纸上是他的遗言。纸上永远是他的遗言，洒在上面的血迹也永远新鲜。

"你老妈得癌症了，冠军，抽烟抽的。她过六个月就会死。"

我站在那儿无法动弹，嘴巴大张着。

电梯门徐徐关闭。我从嗓子眼里挤出一个声音，是怪叫还是呻吟，我说不上来。我向后靠在墙上，免得一头栽倒。

他们必须说实话，我心想，老妈会死的。

等我的头脑清醒过来之后，我有了个更好的想法。我抓着它不放，就像快淹死的人抱住了一小块烂木头。也许死人只有在你提问的时候才必须说实话，其他的时候，也许他们可以胡说八道。

经历了这件事之后，我不想去游泳了，但要是我不去，教练肯定会打电话问老妈我去哪儿了。当她问我的时候，我该怎么告诉她呢？说我担心锤神会在走廊里等我？或者在基督教青年会的大堂里？或者（这是最恐怖的）在淋浴室里，赤条条的孩子们忙着洗掉身上的消毒水，对他的存在浑然不觉？

我要不要对她说她得了该死的癌症？

于是我去游泳了，你肯定能猜到，我游得一塌糊涂。教练命令我清醒一点，我不得不掐住腋下的软肉，免得自己哭出来。我必须使劲掐才行。

等我回到家，老妈还沉浸在底稿的世界里。自从利兹离开后，我就没见过她抽烟，但我知道她会在我看不见的时候喝酒（和作者或某几位编辑在一起的时候），于是我亲她的时候使劲闻了一下，还好除了香水我什么都没闻到。不过我闻到的也有可能是面霜的味道，因为那天是星期六。总之是女人的什么化妆品。

"你感冒了吗，杰米？游完泳好好擦干了吧？"

"当然。老妈，你已经不抽烟了，对吧？"

"没错，"她放下底稿，伸个懒腰，"对，利兹走后我连一根都没抽过。"

你把她一脚踢出去以后，我心想。

"你最近去看过医生吗？做过体检吗？"

她好奇地看着我。"你想问什么？你的眉头都快皱成一团了。"

"唉，"我说，"我只有你这么一个老妈。要是你出了事情，我又不可能去和哈利舅舅住在一起，对吧？"

听我这么说，她做个鬼脸，笑着搂住我。"我没事，小子。两个月前我才做过年度体检，完美过关。"

她看上去也一切正常。就像老话说的，她气色好极了。就我见到的情况而言，她没有继续掉体重，也没有咳得撕心裂肺。当然了，肿瘤未必总是长在喉咙或肺里，这个我知道。

"嗯……那就好。我很高兴。"

"我也很高兴。现在去给你老妈倒杯咖啡，让我继续审这个稿子吧。"

"写得好吗？"

"说起来，还真的挺好。"

"比托马斯先生的罗阿诺克传奇系列还要好？"

"好得多，可惜不是商业上的那种好。"

"我能喝杯咖啡吗？"

她叹了口气。"半杯。好了，让我看稿吧。"

32

那年最后一次数学考试的时候，我望向窗外，看见肯尼思·塞里奥特站在篮球场上，还是狞笑和钩手指的老套路。我低头看考卷，然后又抬起头。他还在，而且站得更近了。他转动头部，让我看清楚那个紫里带黑的深坑和周围犬牙交错的断骨。我又低头看考卷，等我第三次抬起头，他不见了。但我知道他总会回来，他和其他死人不一样，完全不一样。

拉格哈里先生叫我们交卷子的时候,我还有最后五道大题没做。这次考试我得了个D-,卷子顶上的批语是:杰米,我很失望,你必须更努力一些。有句话我每次上课都会至少说一遍,你还记得吗?他说的是如果你数学课落后了,那么你就有可能永远也赶不上来。

尽管拉格哈里先生这么说,但数学在这方面并不特殊,大多数科目都是这样。就好像是为了证明这个论点,那天晚些时候我的历史也考砸了。不是因为塞里奥特站在黑板前或怎么样,而是因为我忍不住要想他有可能会站在黑板前。

我的结论是他希望我学习落后。你可以嘲笑这个结论,但有句老话说得好:事实容不下妄想。这个学年都要结束了,很快就要放暑假,区区几次考砸不可能阻止我升到下一年级,但明年要是他还在我周围出没,我该怎么办呢?

另外,要是他变得越来越强大怎么办?我不想这么认为,但他迟迟不消失的事实证明这有可能是真的。不,很可能是真的。

告诉别人也许能让我感觉好一些,告诉老妈是个合情合理的选择,她会相信我,但我不想让她担惊受怕。在她以为经纪公司快要完蛋,而她再也不能照顾好我和她哥哥的时候,她已经受到了足够多的惊吓。我帮她渡过难关后,她也许会因为无法帮我渡过难关而自责。这种想法对我来说不合逻辑,但对她来说就不一定了。另外,她还想把我能看见死人的整件事忘个干净。

但重点在于:就算我告诉她,她又能怎么做呢?责怪利兹?要是没有她,我就不会见到塞里奥特了,但那仅仅是个开始。

我短暂地考虑了一下要不要找彼得森小姐聊聊,她是学校的心理辅导员,但她会认为我出现了幻觉,或者精神崩溃了,她还会把整件事告诉老妈。我甚至考虑过要不要去找利兹,但利兹能做什么呢?拔枪朝他开火?希望她运气好,因为他本来就是个死人。另外,我已经和利兹一刀两断了,至少我这么认为。我只能靠自己,而这个处境既孤独又吓人。

老妈来看我比赛，我每一场都游得一塌糊涂。回家路上，她拥抱我，说每个人都有不在状态的时候，下次我一定会游得更好。我差点当场把一切都说出来，说我担心（现在我觉得这个担心完全合情合理）肯尼思·塞里奥特想要毁掉我的生活，因为我破坏了他最后也是最大的一颗炸弹。要不是我们坐在出租车上，我很可能真的会这么说，然而我们坐在出租车上。因此我只是把脑袋搁在她的肩膀上，就像小时候我以为自己手绘的火鸡是《蒙娜丽莎》之后最伟大的艺术作品那次。说实话，成长这件事最糟糕的一面是它会让你关闭心门。

33

放假前最后一天，我走出公寓，发现塞里奥特又出现在电梯里，狞笑，钩手指。他很可能以为我会畏缩后退，就像我第一次在电梯里见到他时的反应，但我没有。没错，我很害怕，但没那么害怕了，因为我渐渐习惯了他的存在，就像你会习惯成长或者脸上的胎记——即便那个胎记很难看。这次我的愤怒压倒了恐惧，因为他就是不肯放过我。

我没有畏缩，而是上前一步，伸出胳膊挡住电梯门。我不打算和他一起乘电梯（天哪，绝不！），但我不会让电梯门关上，除非我得到一个明确的答复。

"我老妈真的得癌症了吗？"

他的脸再次扭曲起来，就好像我在伤害他一样，而我再次希望果真如此。

"我老妈得癌症了吗？"

"我不知道。"他看着我的眼神……你知道老话怎么说的吧，眼神能杀人。

"那你为什么要那么说？"

他退到了轿厢最里面，双手捂住胸口，像是被吓坏了。他转过头去，给我看巨大的子弹穿出伤，但他要是以为这样就能让我放开电梯门后退，那他可就想错了。他的伤口恐怖归恐怖，但看多了也就习惯了。

"你为什么要那么说？"

"因为我恨你。"塞里奥特龇出牙齿。

"你为什么还不消失？你是怎么做到的？"

"我不知道。"

"消失。"

他一言不发。

"给我消失！"

"我不会消失的，我永远也不会消失。"

这句话吓得我魂不附体，我一下子放开了电梯门。我的胳膊垂在身体两侧，就好像挂上了千钧重负。

"咱们回头见，冠军。"

电梯门徐徐关闭，但电梯停在原位，因为轿厢里没人按楼层按钮。我按下我这一侧的按钮，电梯门又徐徐打开，轿厢里空无一人。我走楼梯下楼。

我会习惯他的，我心想，我已经习惯了他脑袋上的窟窿，也会习惯他这个死人。他又不可能伤害我。

但他已经从一些方面伤害了我，数学考试得了 D- 和游泳比赛一败涂地只是其中的两个例子。我睡得很差（老妈已经说过我有黑眼圈了）；一点点噪声也会让我吓得跳起来，哪怕只是自习室里有一本书掉在地上；打开衣柜拿衬衫的时候，我总觉得他会躲在里面，就好像他是我的专属恶魔；他可能会藏在床底下，要是在我睡觉的时候，他来抓我的手腕或耷拉在床沿外的脚怎么办？我不认为他真能抓住我，但这一点我并不确定。他可能正在变得越来越强大。

要是我醒来，一睁眼看见他躺在我身边，甚至来抓我那玩意儿呢？

你一旦有了这个念头，就不可能把它从脑海里抹掉。

还有另一个可能性，另一个更糟糕的可能性。要是我长到二十岁，甚至四十岁，他依然在闹鬼纠缠我——没错，闹鬼，因为这就是事实——那该怎么办呢？万一等到八十九岁我也死了，等待着天使接我去天堂，他却在我死后继续纠缠我，那我该怎么办呢？

一天夜里我望向窗外，看着锤神站在路灯下，准备过马路。我心想，假如这是做好事的报应，那我就再也不会做任何好事了。

34

6月末，老妈和我去履行每月一次的职责：探望哈利舅舅。他已经很少说话了，也不怎么去公共休息室。他还没到五十岁，但头发已经变得雪白。

老妈说："哈利，杰米给你带了扎巴尔超市里的可颂饼干。想吃两个吗？"

我站在门口，微笑着举起装点心的纸袋（我并不是很想走到房间里面去），觉得自己有点像《价格猜猜猜》节目里的模特。

哈利舅舅说："哦。"

"意思是要吗？"老妈问。

哈利舅舅说："啊。"他朝我挥动双手,我不需要会读心,也知道他的意思是我他妈不吃点心。

"想到外面去走走吗?天气很舒服。"

我不确定哈利舅舅现在还知不知道外面是什么意思。

"我扶你起来。"老妈说着抓住他的胳膊。

"不!"哈利舅舅说。不是哦,不是啊,也不是呃,而是不。他的声音清楚得就像钟声,他的眼睛瞪得老大,泪水涌了出来。他用钟声般的声音问道:"那是谁?"

"是杰米啊。哈利,你认识杰米的。"

但他不认识我了,已经不认识了,而且他在看的也不是我,而是我身后的东西。我不需要转身也知道我会看见什么,但我还是转身去看了。

"他这病是遗传性的,"塞里奥特说,"而且传男不传女。冠军,你会变得和他一样,你会不知不觉地变得和他一样。"

"杰米?"老妈问,"你没事吧?"

"没事,"我看着塞里奥特说,"我好得很。"

但我当然有事,塞里奥特的狞笑说明他也不相信我的回答。

"滚开!"哈利舅舅说,"滚开,滚开,滚开!"

于是我们就滚蛋了。

三个人一起。

35

我决定把一切都告诉老妈。我必须说出来,哪怕真相会让她害怕和忧郁。但就像老话说的，命运横插了一杠子。那是 2013 年 7 月的事情，我们去探望哈利舅舅后过了三个星期。

那是一个大清早，老妈正在准备去办公室，这时她接到了一个电话。我坐在餐桌前，睡眼惺忪地把燕麦圈往嘴里塞，老妈从卧室出来，拉上裙子的拉链。"马蒂·伯克特昨晚出了个小意外。他把自己绊倒了，扭伤了髋部，我猜是去上厕所的时候。他说他没事，也许真的是这样，也许他只是在装硬汉。"

"对。"我说。当老妈跑来跑去同时做三件事情的时候，赞同她的看法永远更保险。私下里我认为伯克特先生想装硬汉似乎太老了一点，尽管他去主演《终结者：退休岁月》之类的电影肯定很好玩。在我的想象中，伯克特先生挥舞着手杖，宣称"我会回来的"。我捧起碗喝牛奶，喝得啧啧有声。

"杰米，我说过多少次别那么喝东西了。"

我不记得她说过，因为长辈的命令我往往会左耳朵进右耳朵出，尤其是和餐桌礼仪相关的那些。"我还能怎么舔干净碗底？"

她叹了口气。"当我没说。我做了个砂锅菜当咱们的晚饭，但吃汉堡也行。当然了，前提是你能打断你繁忙的日程安排，从看电视和玩手机游戏里抽出点时间来，去把砂锅菜送给马蒂。我的时间太紧了，没办法去。你应该愿意跑一趟，对吧？从他家出来之后，打个电话和我说说他的情况，好吗？"

我没有回答。我觉得像是有人给了我当头一棒，有些想法就会造成这样的效果。另外，我觉得自己傻得出奇。为什么我一直没想到伯克特先生呢？

"杰米？地球呼叫杰米。"

"没问题，"我说，"乐于从命。"

"真的？"

"真的。"

"你没生病吧？不会发烧了吧？"

"哈，哈，"我说，"太好笑了，比橡皮手杖都好笑。"

她抓起手提包。"我给你钱坐出租车——"

"不用了，你把砂锅菜装到拎包里就行。我走路去。"

"真的？"她满脸惊讶，"一路走到中央公园？"

"没错。我需要运动一下。"但这并不是唯一的理由。我需要一点时间来确定我的主意是好还是坏，还要想清楚该怎么讲述我的遭遇。

36

接下来我要管伯克特先生叫伯克特教授了，因为那天他给我上了一课，还教会了我很多东西。在教导我之前，他先听我讲述。我知道我必须找个人谈谈，但我不知道把心里话说出来的那一刻，我会觉得多么如释重负。

他一瘸一拐地出来开门，拄着的不是一根手杖——我以前就见过他拄手杖——而是两根。他看见我，脸色顿时一亮，我猜他很高兴能有人做伴。孩子往往以自我为中心（只要你曾经是个孩子，我猜你就肯定知道这一点，哈哈），直到后来我才意识到，莫娜去世后的那几年里，他肯定过得非常孤单。他有个住在西海岸的女儿，但即便她来探望过父亲，我也没碰到过她——参见孩子以自我为中心的前述。

"杰米！你带礼物来看我了！"

"只是个砂锅菜，"我说，"好像是个瑞典馅饼。"

"你是说牧羊人馅饼吧，我相信肯定很好吃。能顺手帮我个忙，把馅饼放进冰盒子里吗？我拄着这玩意儿呢……"他把两根手杖同时从地上举起来，有一个可怕的瞬间，我以为他会一头栽倒在我面前，但他及时把手杖放回了地上。

"没问题。"我说着走进厨房。他管冰箱叫冰盒子，管汽车叫自动车，总之他完全是个老古董。对了，他还管电话叫电蘑菇。我特别喜欢这个说法，于是自己也用了起来，到现在也还在用。

把老妈的砂锅菜塞进冰盒子没费我什么力气，因为冰箱几乎是空的。他艰难地跟着我走进厨房，问我最近怎么样。我关上冰箱门，转向他，说："不太好。"

他挑起蓬乱的眉毛。"不太好？出什么事了？"

"说来话长，"我说，"而且你多半会认为我疯了，但我必须找个人说一说，我猜就只能选你了。"

"和莫娜的戒指有关系吗？"

我的下巴掉在了地上。

伯克特教授微微一笑。"我一直不怎么相信你母亲只是凑巧在壁橱里发现了戒指。太牵强了，过于牵强了。我想过有可能是她自己放在那儿的，但人的每个行为都必定基于特定的理由和时机，而这两者你母亲都没有。另外，那天下午我的心情过于激动，没法认真思考。"

"因为你刚刚失去了妻子。"

"是啊。"他举起一根手杖，用掌根碰了碰胸膛——心脏所在的位置。我不禁为他感到难过。"所以发生了什么，杰米？我猜这已经是陈年旧事了，但作为一名终生热爱侦探小说的读者，我很想知道这些疑问的答案。"

"是你妻子告诉我的。"我说。

他在厨房的另一头盯着我。

"我能看见死人。"我说。

他好一阵没有开口，久得我都害怕了起来。最后他说："我需要喝点有咖啡因的东西，我看咱们都需要。喝完之后，把你心里的事情全都告诉我吧，我很想听一听。"

37

伯克特先生太老古董了，他连茶包都没有，只有罐装的茶叶。等水烧开的时候，他告诉我去哪儿找他的"滤茶球"，还指点我该装多少茶叶。煮茶的流程很有意思，我一向更喜欢咖啡，但有时候你就是需要来一壶茶。不知道为什么，煮茶有一种特别正式的感觉。

伯克特教授说茶叶需要在刚烧开的水里浸泡五分钟——不能多，也不能少。他设置了定时器，告诉我茶杯在哪儿，说完这些，他就晃晃悠悠地回客厅去了。他坐进他最喜欢的椅子，我听见他松了一口气，放了个屁。声音不像小号那么响亮，更像是双簧管。

我倒了两杯茶，把茶杯、糖碗和从冰箱里取出来的奶精（我们俩都没加，保质期已经过了一个月，所以不加应该是正确的选择）放在托盘上。伯克特教授不加糖，他尝了一口，咂咂嘴。"佩服，杰米。第一次就很完美。"

"谢谢。"我放肆地使劲加糖。要是老妈看见我舀了满满三大勺糖，非得尖叫起来不可，但伯克特教授一声不响。

"来，跟我说说你的故事。我现在最不缺的就是时间。"

"你相信我吗？关于她的戒指？"

"怎么说呢，"他说，"我相信你是这么认为的。另外，你母亲确实找到了那两枚戒指，我把它们放在银行保险盒里。告诉我，杰米，如果我去问你母亲，她会证实你的说法吗？"

"会，但请你别去问她。我决定和你谈，就是因为我不想告诉她。她知道了会心烦意乱的。"

他小口喝茶，手在微微颤抖，接着他放下茶杯，抬头看着我——那视线甚至看穿了我的心灵。直到今天，我依然能看见那双明亮的蓝眼睛从蓬乱的眉毛底下看向我。"那就告诉我吧。说服我，让我相信你。"

穿城而来的这一路上，我已经打好了腹稿，因此我说得相当流畅。我从罗伯特·哈里森开始讲起（还记得吗？死在中央公园里的那位老兄），说到我如何看见伯克特夫人，还说了其他的所有事情。我说了好一阵子。等我说完，我那杯茶已经变温了（甚至有点凉），但我还是拿起茶杯喝了一大口，因为我的喉咙很干。

伯克特教授想了一会儿，然后说："杰米，你能去我的卧室拿一下iPad 吗？在床头柜上。"

他的卧室闻起来有点像哈利舅舅在养老院的房间，除此之外还有一股刺鼻的药味，我猜那是治疗他髋部扭伤的搽剂。我拿起他的 iPad，回到客厅。他没有苹果手机，只有一部固定电话，电蘑菇挂在墙上，就像老电影里的物件，但他很喜欢平板电脑。我把 iPad 递给他，他按了一下开机键，开始点点戳戳。锁屏壁纸是一对身穿结婚礼服的年轻男女，我猜那是他和伯克特太太。

"你在查塞里奥特吗？"

他摇摇头，没有抬起眼睛。"我在查你说的那个中央公园的死人。你说看见他的时候，你在上幼儿园？"

"对。"

"所以应该是 2003 年……或者 2004 年……啊哈，找到了。"他读了起来，脑袋凑在平板电脑上，时不时撩开挡住眼睛的头发（他的头发相当茂密）。最后他抬起头说："你看见他躺在地上死了，同时看见他站在自己身旁。你母亲能证明这一点吗？"

"她知道我没有骗她，因为躺在地上的死人被盖住了上半身，我却知道他的上半身穿着什么。但我真的不希望——"

"我明白，完全明白。再来说说雷吉斯·托马斯的最后一本书。那不是他亲笔写的——"

"对，除了刚开始的几章——我猜是这样。"

"但你母亲问到了足够多的详细情节，由此写出了其他的章节，而你充当她的灵媒？"

我从没想过我是个灵媒，但从某些角度来说，他这么说也没错。"差不多吧，就像《招魂》里演的那样。"看到他困惑的表情，我说："那是一部电影。伯克特先生……教授……你认为我疯了吗？"我其实并不在乎，因为一吐为快带来的解脱感真的太强烈了。

"我不这么觉得。"他说，但某种因素——很可能是我如释重负的表情——使得他竖起一根手指表示警告。"但这不等于说我就相信你的说法，至少在跟你母亲确认之前，我不敢轻易相信，而我同意不去向她求证。不过有一点我敢承认：我未必一定不相信你。主要是因为戒指的事情，也因为托马斯的最后一本书确实存在。当然了，我并没有读过。"说到这儿，他扮了个怪相，"你母亲的朋友——以前的朋友——能证实你的故事里最多姿多彩的最后一部分？"

"对，但是——"

他举起一只手，他在课堂上肯定成千上万次对着胡言乱语的学生做过这个手势。"你也不希望我去找她谈，这一点我完全理解。我只见过她一次，但是已经不喜欢她了。她真的把毒品带到你家去了？"

"我没有亲眼看见，但既然老妈说她这么做了，那就肯定是真的。"

他放下平板电脑，摆弄起了他新添置的手杖，这根手杖的顶端有个偌大的白色圆球。"然后蒂亚和她绝交了。这个叫塞里奥特的家伙，你说他在纠缠你。他这会儿在吗？"

"不在。"但为了万无一失，我还是扫视了客厅一圈。

"你想摆脱他，这是理所当然的。"

"对，但我不知道该怎么摆脱他。"

他喝了一口茶，盯着茶杯沉思片刻，然后放下茶杯，再次用那双蓝眼睛望着我。他已经老了，但他的眼睛还没有老。"这是一个很有意思的问题，尤其是你求问的这位老先生在他的阅读生涯中遇到过形形色色的超自然生物。哥特小说里充满了这些生物，德古拉伯爵和弗兰肯斯坦的怪物，这两者只是最常出现在电影院的招牌上而已。欧洲文学和民间传说里还有许多其他的怪物。咱们先假设——至少暂时这么假设——这个塞里奥特不仅存在于你的脑海里，咱们先假设他确实存在。"

我按捺住冲动，没有反驳说他就是存在。教授已经知道我的看法了，他刚才说过的。

"咱们再向前推一步。你见到的其他死人都会在几天后消失，包括我妻子在内。他们去了……"他挥了挥手，"天晓得哪儿。但这个塞里奥特不一样，他还留在人间。事实上，你认为他可能在变得越来越强大。"

"我相当确定。"

"假如真是这样，那么他也许并不是真正的肯尼思·塞里奥特。塞里奥特死后残存的那一部分有可能遭受了邪灵的侵蚀——比起被附体，这才是正确的说法。"他肯定看见了我的表情，于是连忙补充道："杰米，咱们只是在推测而已。假如你要我说实话，我会说更有可能的是你陷入了某种有限的神游状态，从而引发了幻觉。"

"换句话说，我疯了。"我依然很高兴能把这一切都告诉他，但他的结论实在是让人沮丧，尽管我多多少少预料到了他的看法。

他挥了挥手。"胡扯，我完全不那么认为。你显然一直活在现实世界之中。另外，我必须承认，你的故事里充满了无法用常理解释的细节。我不怀疑你陪着蒂亚和她的前女友去了托马斯先生的故居。我也不怀疑达顿警探带着你去了塞里奥特的公寓楼和工作场所。既然她这么做了——在此我要模仿一下埃勒里·奎因的语气，他是我最喜欢的推理使徒，那么她肯定相信你的灵媒能力。再说回托马斯先生家，达顿警探在那儿肯定见到了什么，从而导致她开始相信你。"

"我听糊涂了。"我说。

"没关系，"他俯身凑近我，"我想说的话很简单。我从没见过鬼魂，眼前也没闪现过预知的画面，所以我倾向于相信理性、可知论和经验主义，但我必须承认，你的故事里有一些元素让我无法视而不见。因此，咱们先假设塞里奥特——或者说占据了塞里奥特身体的这个邪恶东西——确实存在。这样一来，问题就变成了你能不能摆脱他。"

现在轮到我凑近伯克特教授了，我想到他送给我的那本书，书里的童话故事个个都很恐怖，快乐的结局几乎不存在。异母姐妹割掉脚趾；公主把青蛙摔在墙上——啪叽！——而不是亲吻它；小红帽哄骗大灰狼去吃掉奶奶，好继承奶奶的家产。

"我能摆脱他吗？你读过那么多书，肯定有什么书里提到过一些办法！或者……"一个新念头突然在我脑中浮现，"驱魔！怎么样？"

"恐怕希望不大，"伯克特教授说，"神职人员更有可能让你去见儿童心理学家，而不是驱魔人。假如这个塞里奥特真的存在，杰米，他有可能会一直缠着你。"

我惊恐地望着他。

"但这可能也没什么关系。"

"没关系？怎么可能没关系？"

他拿起茶杯，喝了一口又放下。

"你有没有听说过楚德仪式？"

38

现在我二十二岁了（事实上，快二十三了），活在后来的世界中。我有权投票，可以开车，能买香烟（我打算尽快戒掉）和含酒精的饮料。我知道我还很年轻，我相信回顾往事时，我会惊讶于（希望我不会厌恶）曾经的我有多么天真和乳臭未干，不过二十二岁和十三岁之间还是隔着相当远的距离。现在我相信的事情更少了，伯克特教授的魔法不可能像以前那样在我身上轻易奏效。当然，我并不是在抱怨！肯尼思·塞里奥特（我不知道他到底是什么生物，所以咱们就用这个名字好了）企图摧毁我，而教授的魔法拯救了我的神志，甚至有可能拯救了我的人生。

后来，我在大学（当然是纽约大学）里为人类学论文研究这个主题时，我发现那天教授告诉我的内容有一半是真的，另一半则是胡说八道，但我必须夸奖一下他临时现编的好口才（老妈签下的英国浪漫小说作家菲莉帕·斯蒂芬斯会这么评价：满分）。只要对比一下，你就会发现这是何等的讽刺：我的哈利舅舅还不到五十岁，脑袋里已经全是糨糊了，而马蒂·伯克特尽管年过八旬，创造力却依然非同凡响……而且他把这份创造力全心全意地献给了一个麻烦缠身的小子，这小子不告而来，带着砂锅菜和一个怪异的故事。

教授说，践行楚德仪式的是一个位于西藏与尼泊尔的佛教分支。（真。）

教授说，他们践行这个仪式是为了营造一种空寂感，从而使自己进入平静澄澈的精神状态。（真。）

教授说，这个仪式也被用于战胜妖魔，不仅包括心魔，也包括从外部入侵的超自然魔物。（灰色地带。）

"因此楚德仪式对你来说非常完美，杰米，因为它涵盖了所有领域。"

"你是说，即便塞里奥特并不真正存在，我只是在发疯，楚德仪式也同样有效。"

他瞪我的眼神融合了斥责和不耐烦，这大概是他在教学生涯中练到完美的技能。"不介意的话，请闭上嘴巴，好好听我说。"

"对不起。"我开始喝第二杯茶了，感觉有点古怪。

夯实地基之后，伯克特教授开始建造空中楼阁了……当时我并不知道其中的区别。他说在高海拔地区，楚德仪式在僧侣遇到雪人[1]时格外有用。

"那东西真的存在？"我问。

"和你的塞里奥特先生一样，我不敢确定它们是否存在。但是——还是和你的塞里奥特先生一样——我敢说在西藏，人们相信它们真的存在。"

教授接着说，假如一个人不幸遇到雪人，他在余生中会一直被其纠缠。除非——没错——你在楚德仪式中与雪人决斗并战胜它。

要是你跟得上思路，就会知道假如奥运会有吹牛项目，伯克特教授上台表演完这一套，全体裁判都会亮出十分，但我当时才十三岁，而且状态不佳，所以我把他的瞎话整个吞了下去。就算我的一部分脑子猜到了伯克特教授想干什么（我记不清了），我也把它打进了冷宫。你必须记住我当时有多么绝望。别名锤神的肯尼思·塞里奥特有可能在我余生中一直跟着我（或者用教授的话说：一直缠着我），这是我能想到的最恐怖的事情了。

"这个仪式要怎么做？"我问。

"啊哈，你会喜欢的，就像我给你的那本书里的一个未删减童话。根据传说，你和邪灵必须咬住彼此的舌头，将彼此束缚在一起。"

---

1 一种传说在珠穆朗玛峰活动的神秘动物，介于人与猿之间。

他说得津津有味。我心想：喜欢？我为什么会喜欢这个？

"一旦双方被束缚在一起，你和邪灵就要比拼意志力了。我猜需要通过心灵感应来完成，因为你们既然互……互相咬住了舌头，那恐怕就没法说话了。谁先退缩，谁的全部力量就会交给赢家。"

我瞪着他，瞠目结舌。我从小就被教导要有礼貌，尤其是对待老妈的客户和熟人的时候，但我当时太震惊了，不可能再去考虑什么社交礼仪。"你难道疯了吗，要我去——怎么说？——和那个家伙深吻？他死了，你不明白吗？"

"杰米，我明白。"

"另外，我该怎么说服他这么做？难道我要对他说，小肯我的宝贝，你过来，把舌头伸给我？"

"你说完了吗？"伯克特先生不咸不淡地问，再次让我觉得自己是教室里最茫然无知的学生，"我认为咬舌头的环节是一种象征，就像用白面包和一小杯葡萄酒来象征耶稣与门徒的最后晚餐。"

我没听懂，我很少去教堂，因此我没插嘴。

"听我说，杰米。仔细听我说。"

我仔细听着，就好像我的生命取决于他要说的话——因为我真的这么认为。

39

在我准备道别的时候（礼貌重新浮出水面，我没有忘记对他说谢谢），教授问我他的妻子还有没有说其他的话——除了告诉我戒指在哪儿。

当你长到十三岁时，我猜你肯定会忘记六岁时发生的大部分事情——毕竟那已经是前半辈子的事情了！可是我不费吹灰之力就回想起了那一天。我可以告诉他伯克特太太如何贬低我画的绿色火鸡，但我觉得他不会感兴趣。他想知道她有没有说关于他的话，而不是她对我说了什么。

"你抱着我老妈的时候，她说你的香烟会烧到我老妈的头发，结果确实烧到了。说起来，你戒烟了，对吧？"

"我允许自己每天抽三根。我猜再多抽几根也问题不大，反正我已经上了年纪，不用担心自己会英年早逝了，但我似乎也只想抽三根。她还说别的了吗？"

"嗯，她说你用不了一两个月就会去请一个女人吃午饭，叫黛比还是黛安娜来着，总之就是——"

"多洛雷丝？是多洛雷丝·马高恩吗？"他看我的眼神完全不一样了。那一刻我真希望我们一开始就谈到这个话题，那会让我在建立可信度方面迈出坚实的一大步。

"好像是。"

他摇着头说："莫娜总是觉得我看上了那个女人，天晓得为什么。"

"她说什么往手上抹洗羊药水——"

"羊毛脂，"他说，"因为她关节肿胀。真是活见鬼了。"

"还有一点呢，她说你总是忘记穿腰后的那个裤带环。我记得她说：'现在谁会来提醒你？'"

"我的天，"他轻声说，"唉，我的天哪。杰米。"

"对了，她还亲了你一下。在你脸上。"

那只是轻轻的一小口，而且是多年之前的事了，但这句话起了决定性的作用。我猜他愿意相信这句话。他不相信整件事，但他愿意相信她，相信那个吻，相信她曾经在那儿。

趁我占据上风，我赶紧离开了。

40

回家路上，我一直在留神塞里奥特有没有出现，这几乎成了我的第二天性。我没看见他，这当然是好事，但我已经放弃了他会永远消失的希望。他是个祸害，祸害不会轻易地离开，我只希望等他出现的时候，我能做好准备。

那天晚上，我收到了伯克特教授的电子邮件。他在邮件里说，他做了点调查，得到了一些很有意思的结果，并且认为我也会有兴趣看一看。邮件有三个附件，全是雷吉斯·托马斯最后一本小说的书评。教授标出了他觉得有意思的句子，让我自己分析。我确实得出了我的结论。

《星期日泰晤士报》："雷吉斯·托马斯的最后一部作品仍旧是性爱和在沼泽中跋涉冒险的大杂烩，但文字比以前犀利得多。读者时而能发现真正的闪光点。"

《卫报》："尽管期待已久的《罗阿诺克的秘密》对这个系列的读者（他们无疑早有预料）来说算不上什么惊喜，但托马斯的叙事比先前几卷要更加鲜活，不再是浮夸的冗长阐述与炽烈甚至偶尔滑稽的性爱描写轮流登场。"

《迈阿密先驱报》："对话妙趣横生，节奏干净利落，劳拉·古德休和纯儿·贝坦科尔特之间的女同关系第一次显得真实感人，而不仅仅是色情笑话或性爱幻想。这是个了不起的大结局。"

我不可能把这些书评拿给老妈看，那会招来太多疑问，但我相信她自己也读到了，并且和我一样心花怒放。不仅因为她成功地瞒天过海，也因为她给雷吉斯·托马斯遗憾地遭到玷污的名声增添了一抹亮色。

在第一次遇到肯尼思·塞里奥特之后的几个星期甚至几个月

里，许多个夜晚我都带着忧郁和恐惧的心情上床，但那天晚上不在其中。

41

我不确定那年夏天我见过塞里奥特多少次，这一点应该就能说明问题了。假如这还不够，那就让我说得更明白一些吧：我习惯于他的存在了。那天我一转身，看见他站在利兹·达顿的后备厢旁，近得抬起手就能碰到我，当时我绝对不可能相信世界上有这种事。那天电梯门打开，他在轿厢里对我说老妈得了癌症，狞笑得像是听见了全世界最快乐的消息，当时我也绝对不可能相信他说的话。但老话说得好，熟稔易生轻慢之心，这句话在我身上得到了印证。

他从没从我的衣橱或床底下冒出来，这一点无疑也让我放松了警惕（否则我肯定会相当惊恐，因为小时候的我深信怪物就躲在床底下，等着抓住我奋拉到床沿外的手或脚）。那年夏天我读了《德古拉》，好吧，不是原著，而是我在禁忌星球店里买的超牛逼图像小说。范海辛在书里说，吸血鬼不得到邀请就不能进家门。假如这是真的，那么我就有理由（至少对十三岁的我来说有理由）相信其他超自然生物也要遵守这个规则了——比方说塞里奥特身体里的那个邪灵，正是它使得塞里奥特没有像其他死人那样在去世几天后消失。我在维基百科上查那是不是斯托克先生编出来的瞎话，最后发现并不是，许多吸血鬼传奇里都有这个说法。现在（后来！）我能理解这一规则的象征意义了，假如我们有自由意志，那么邪灵就必定是你自己邀请进门的。

另外还有一点，他基本上不再朝我钩手指了。在夏天的大部分时间里，他只是远远地站在那儿盯着我看，唯一见到他钩手指的那次，我觉得挺好笑。当然了，前提是你能用好笑来形容那个狗娘养的不死者。

8月的最后一个星期天，老妈搞到了大都会队对底特律老虎队的球票。大都会队惨败，但我不在乎，因为一个出版商朋友帮她弄到了两个超级好的座位（与大众的想象不同，文学经纪人也有朋友）。座位在三垒附近，是靠近球场的第三排。比赛打到第七局，大都会队还没有大比分落后的时候，我看见了塞里奥特。当时我正在东张西望地找热狗贩子，等我扭过头来，我的好伙伴锤神就站在三垒教练席的旁边。同样的卡其裤，同样的衬衫，鲜血依然淋遍他左半边的身子，同时洒在自杀遗书上。他的脑袋裂开了，像是有人在那儿扔了颗樱桃炸弹[1]。他在狞笑，还在——没错——朝我钩手指。

底特律老虎队的内野手正忙着把球投来投去，就在我看见塞里奥特的那一刻，从游击手投向三垒手的球被扔飞了。观众发出嘘声，用老一套话术嘲笑球员——臭手该去洗洗了，我奶奶都比你们扔得好，但我只是呆坐在座位上，紧紧地攥着双手，指甲嵌进了掌心。游击手没有看见塞里奥特（要是看见了，他会尖叫着跑向外野），但他感觉到了。我知道他肯定感觉到了。

另外还有一点：三垒教练跑去捡球，但他退了回来，让球滚进了球馆。追赶棒球会让他靠近只有我能看见的那个邪灵。他是不是像身处鬼怪电影里一样，感觉到了一块寒冷的区域呢？我不这么认为。我认为在那短短的一两秒钟里，他感觉周围的整个世界都在颤抖，都在像吉他弦那样振动。我有理由这么想。

老妈说："杰米，你还好吧？你不会给我来个中暑吧？"

"我没事。"我说。尽管我攥紧了双手，但大体而言我确实没事。

---

1 益智游戏《植物大战僵尸》中的道具，杀伤力极大。

"你看见热狗贩子了吗？"

她抻着脖子扭头看，对着离我们最近的小贩招招手。我抓住机会，朝肯尼思·塞里奥特竖起中指。他的狞笑变成怒容，向我龇出所有的牙齿。他走进客队球馆，坐在板凳上的替补球员纷纷挪动身体给他让路，虽然他们完全不知道自己为什么要这么做。

我笑嘻嘻地向后一靠。我还不至于认为我已经战胜了他——没有用十字架或圣水，只是对他竖中指，但胜利的喜悦确实蹑手蹑脚地钻进了我的脑海。

第九局开始，底特律老虎队得到七分之后，大都会队败局已定，观众开始离场。老妈问我要不要留下看大都会先生巡场，我摇摇头。巡场是哄小孩子的把戏，我参加过一次，那是很久之前的事了。那时利兹还没有出现，狗杂种詹姆斯·麦肯齐的庞氏骗局还没有抢走我们的钱，莫娜·伯克特也没有对我说火鸡不是绿色的。那时我还是个小孩子，我的牡蛎壳就是整个世界。

似乎是很久以前了。

42

你也许会问一个我当时从没问过自己的问题：为什么选中我？为什么是詹姆斯·康克林？后来我问过自己，答案是我不知道，只能瞎猜。我认为原因是我与众不同，它（藏在塞里奥特外壳里的那个"它"）因此憎恨我，想伤害我。要是它能做到，它甚至想毁灭我。我认为——想说我疯了就说吧——我不知怎的触怒了它。也许还有其他原因，我认为也许（只是也许）楚德仪式早就开始了。

我认为一旦它开始搞我，就不可能停下了。

如我所说，这一切只是我在瞎猜。它的理由也许与我想象的完全不同，是我不可能了解的东西，而且怪诞到了极点。如我所说，这是个恐怖故事。

43

我依然害怕塞里奥特，但我不再认为若是有机会践行楚德仪式，我会胆怯退缩了。我只需要做好准备，等待塞里奥特靠近我，而不仅仅是站在马路对面，或者花旗球场的三垒附近。

10月的一个星期六，我的机会来了。那天我准备去格罗夫公园，和一群同学玩触身式橄榄球。老妈留了张字条给我，说她熬夜读了菲莉帕·斯蒂芬斯的最新大作，打算白天睡个懒觉，我吃早饭的时候不许发出太多声音，咖啡顶多只能喝半杯。她还说希望我和朋友们好好玩一场，但是不许撞出脑震荡或者断条胳膊，最晚要在下午两点前回家。她给我留了吃午饭的钱，我小心翼翼地把钱折好装进口袋。字条上面还有个"又及"：请你吃点绿色蔬菜，哪怕只是汉堡里的一片生菜也好。我提这个要求，是不是在浪费时间？

很有可能，老妈，很有可能。我一边想着，一边给自己倒了碗燕麦圈吃掉（没有发出太多声音）。

离开公寓的时候，我根本没想到塞里奥特。他出现的次数越来越少，我把腾出来的大部分时间都用在了琢磨其他事情上——主要和姑娘有关。具体而言，沿着走廊走向电梯的时候，我的心思完全放在了瓦莱里娅·戈麦斯身上。那天塞里奥特决定接近我，是不是因为他能偷窥我的脑海，知道他已经远离了我的思绪？这是某种低级的心灵感应吗？我不知道这个问题的答案。

我按下电梯的按钮，琢磨着瓦莱里娅会不会来看比赛。可能性很大，因为她的哥哥巴勃罗会上场。我沉浸在白日梦之中，想象着我如何接住传球，躲开所有想拦截我的人，高举橄榄球冲进球门区，但电梯到了之后我还是先往后退了一步，因为这已经成了我的第二天性。电梯里没人，我按下底层大堂的按钮。电梯下行，门徐徐打开。外面是一小段走廊，然后是一扇从里面上锁的门，出去后是个小小的大堂。通往室外的大门不上锁，方便邮递员投放信件。要是塞里奥特在外面的大堂里，那我就不可能这样做了。但他不在大堂里，而是在走廊尽头那扇门的内侧，他在狞笑，好像到了后天狞笑就会犯法一样。

他正要开口说话，也许打算再发布一条狗屁预言，假如我脑子里在想的是他，而不是瓦莱里娅，我多半会愣在原地，或者连滚带爬地躲回电梯里，使出浑身力气猛按关门按钮。但他居然敢来打扰我的白日梦，我都快气炸了，顿时回忆起了我送砂锅菜给伯克特教授那天教授对我说的话。

"咬舌在楚德仪式里仅仅是和敌人对决前的一个过场，"他说，"类似的过场有很多。毛利人会跳战吼舞，神风特攻队队员会用他们认为的神酒向队友和目标照片敬酒，古埃及交战家族的成员会在拿起短刀长矛和弓箭前敲击彼此的额头，相扑手会拍打彼此的肩膀。这些行为归根结底就是一句话：我要和你决斗了，咱们要拼个你死我活。换句话说，杰米，你别去费神真的吐出舌头。你需要做的就是抓住那个邪灵，为了自己的小命坚持到底。"

因此我既没有愣住也没有退缩，而是展开双臂，忘乎所以地冲了上去，就像要去拥抱一个许久未见的朋友。我在尖叫，但我猜这阵尖叫只存在于我的脑海中，因为底层的住户们没有开门张望，看看到底发生了什么事情。塞里奥特的狞笑（他永远会露出牙齿和面颊之间的一团凝血）消失了，我见证了一件令人惊愕的美妙事情：他害怕我。他向后退缩，紧靠在通往大堂的那扇门上，但门是朝内开的，他无处可去。我一把抱住他。

我无法形容那一刻发生了什么。我觉得比我更有天赋的作家恐怕也写不出来，因此我只好尽我所能来形容一下了。还记得我说整个世界都在颤抖，或者像吉他弦那样振动吗？站在塞里奥特身边就是这个感受。我能感觉到他在震颤我的牙齿、搅动我的眼珠。但我还感觉到了另外一种东西，它就在塞里奥特内部。正是这个东西把塞里奥特当作容器，阻止他前往与尘世的连接朽烂后应该去的地方。

那是个非常坏的东西，它朝我尖叫，命令我放开它——或者放开塞里奥特，也许两者没什么区别。它因我而暴怒，因我而害怕，但更多的是惊愕。被我一把抱住是它最不曾预料到的事情。

它使劲挣扎，要不是塞里奥特被那扇门挡住了，我相信它肯定会逃掉。我是个骨瘦如柴的小子，塞里奥特至少比我高五英寸，至少比我重一百磅——前提是他活着，可惜他早就死了。塞里奥特体内的那个东西还活着，我敢确定我在小杂货店门外强迫他回答问题之前，它就已经进入了他的身体。

振动变得更加剧烈，从地面传上来，从天花板传下来。吸顶灯在颤抖，投下的影子像液体般摇荡。墙壁似乎也在爬动，先朝一个方向，再朝另一个方向。

"放开我。"塞里奥特说，他的声音也在震颤，像是把蜡纸放在梳子上，然后朝蜡纸吹气产生的声音。他伸出两条手臂，紧紧勒住我的后背，我立刻喘不上气来了。"你放开我，我就放开你。"

"不。"我把他抱得更紧了。就是这样，我记得我当时心想，这就是楚德仪式。我和一个邪灵展开了殊死搏斗，就在纽约我们住的公寓楼的大堂里。

"我要勒得你不能呼吸。"它说。

"你做不到。"我说，祈祷自己的判断是正确的。我依然能呼吸，但气息非常短促。我开始觉得我能看穿塞里奥特了。也许这是震颤造成的幻觉，毕竟在这个时候，全世界像一个脆弱的红酒杯那样即将炸裂，但我不这么认为。我看见的不是他的内脏，而是某种光，它既明亮又黑暗，来自这个世界之外。它很可怕。

我们互相拥抱着站了多久？可能有五个小时，也可能只有九十秒。你也许会说不可能有五个小时这么久，会有人进进出出，但我认为……我几乎知道……我们处于时间之外。有一点我能确定，那就是电梯门应该在乘客出来后五秒钟左右关闭，但它一直没有关上。我能在塞里奥特的背后看见电梯的倒影，电梯门一直开着。

最后它说："放开我，我再也不会回来了。"

这是个非常有诱惑力的提议，相信你肯定能理解。要不是教授让我为此做好了准备，我大概是会接受的。

"它会尝试和你谈条件，"教授那天对我说，"别听它的。"接着他告诉我该怎么做，他大概以为我需要战胜的只是神经症、精神情结或其他什么心理学玩意儿。

"还不够好。"我说，继续抱紧它。

我越来越能看穿塞里奥特了，我意识到他确实是个鬼魂。所有的死人应该都是鬼魂，只不过在我眼中变成了实体。他越是透明，他体内的黑光（那团死光）就变得越亮，我完全不知道那是什么，只知道我必须抓住他。有句老话说得好：骑虎难下，只能铤而走险。

塞里奥特体内的东西比老虎邪恶得多。

"你到底要什么？"它喘息道。塞里奥特不需要呼吸，假如他在呼吸，我的面颊和脖子肯定会感觉到，但它确实在喘息。它的状态很可能比我更糟糕。

"你停止纠缠我还远远不够。"我深吸一口气，说出伯克特教授要我说的话，假如我在楚德仪式中困住了我的强敌，我就必须这么说。

即便整个世界都在我周围颤抖，即便这个魔物紧紧地勒住了我，能说出这句话依然让我欣喜不已。那是一种巨大的快乐，是作为战士的喜悦。

"现在轮到我纠缠你了。"

"不行！"它勒得更紧了。

尽管塞里奥特现在透明到像是一个超自然的全息影像，但我依然被勒得紧贴在他身上。

"必须行。"我说。伯克特教授曾告诉我，要是我得到机会，就必须反其道而行之。后来我发现这是个著名鬼故事的副标题，因此放在这儿非常合适。"你要当我的小弟，我吹声口哨，你就立刻出现。"

"不行！"它继续挣扎。邪恶的死光在搏动，看得我想呕吐，但我忍住了。

"必须行。无论什么时候，我想怎么纠缠你就怎么纠缠你，你不同意我就不松手，直到你死。"

"我不可能死！但你会死！"

这毫无疑问是真的，但那一刻我感觉自己前所未有地强大。另外，塞里奥特还在不断消散，而他是那团死光在尘世间的立足点。

我没再说话，只是紧抱着塞里奥特，而塞里奥特也抱着我。我们就这么僵持着。我觉得很冷，手脚渐渐失去了知觉，但我就是不放手。有必要的话，我打算一直抱到海枯石烂。我害怕塞里奥特体内的那东西，但它被困住了。当然，我也被困住了，这正是楚德仪式的本质。我松手，它就赢了。

它最后说："我答应你的条件。"

我稍微松了松手。"你在骗我吗？"你也许会说这是个愚蠢的问题，但其实并不是。

"我不能撒谎，"它听上去有点暴躁，"你知道的。"

"重复一遍，说你同意。"

"我同意你的条件。"

"你知道我能缠住你不放吧？"

"我知道，但我不怕你。"

它说得很大胆，但我已经发现塞里奥特（或者说，他体内的死光）可以随心所欲地说假话。毕竟，陈述句不是在回答问题。另外，假如一个人非要说自己不害怕，那他一定在撒谎。我不需要等到后来才明白这个道理，我十三岁的时候就知道了。

"你害怕我吗？"

我又在塞里奥特的脸上看见了那个扭曲的表情，就好像他吃到了什么难吃的酸东西。此刻我正在逼着这个狗娘养的倒霉蛋说真话，也许他确实尝到了酸味吧。

"对。你和其他人不一样，你看透了我。"

"对什么？"

"对，我害怕你！"

干得漂亮！

我松开了他。"无论你是什么东西，都给我滚蛋吧，去你该去的地方。但你要记住，我一召唤你就必须出现。"

他飞也似的转身，又让我看了一眼他头部左侧的大窟窿。我抓住门把手。他的手既穿了过去，也没有穿过去，这两件事是同时发生的。我知道这么说很疯狂，还自相矛盾，但事实就是这样，我亲眼看见了。门把手转动，门开了，与此同时，吸顶灯炸开了，玻璃碎片从灯具里飞出来。大堂里有十几个信箱，其中有一半突然弹开。塞里奥特扭过头，从血淋淋的肩膀上恨恨地瞪了我一眼，然后他就走了，留下大门敞开着。我看着他跑下台阶，但与其说他在跑，不如说他跳了下去。一个男人骑着自行车经过，多半是个快递员，他失去了平衡，四仰八叉地摔倒，躺在街上咒骂起来。

我知道死人能对活人造成影响，这没什么好吃惊的。我见过这种事，但死人的影响总是非常微小。伯克特教授感觉到了妻子的吻。利兹感觉到雷吉斯·托马斯朝她的脸吹气。但我刚刚目睹的这一切——灯具爆炸、门把手在震颤中被拧开、快递员摔下自行车——则提高到了完全不同的另一个级别。

当我抱住塞里奥特的时候，我称之为死光的东西险些失去宿主，但等我松开手，它不仅重新拥有了塞里奥特，还变得更加强大了。这个力量肯定来源于我，但我并没有感到变得虚弱（就像可怜的露西·韦斯滕拉在被德古拉伯爵当作个人餐车使用过后那样）。事实上，我的感觉前所未有地好，我觉得精神焕发、充满活力。

它变得更强大了，那又怎么样？我成了它的主人，它现在是我的奴隶了。

自从利兹接我放学去搜寻塞里奥特以来，我第一次感觉自己神采飞扬。就好像一个人曾经身患重病，现在终于恢复了健康。

44

两点一刻左右我回到家里，晚了一点，但还没到"你去哪儿了我都担心死了"的那么晚。我的胳膊上有一道长长的划伤，裤子的膝盖被扯破了——有个高中小子撞上了我，让我狠狠地摔了一跤，但我的感觉依然真他妈好。瓦莱里娅没去，但她的两个朋友去了，其中一个说瓦莱里娅喜欢我，另一个说我该和她说说话，吃午饭的时候和她坐在一起。

上帝啊，那么多的可能性！

我开门进了公寓楼，发现有人——多半是大楼管理员普罗文萨先生——关上了塞里奥特离开时（更确切地说，死光逃离现场时）弹开的那些信箱。普罗文萨先生也清理了碎玻璃，在电梯前放了个"电梯故障，暂停使用"的牌子。我不由得想到老妈接我放学的那天，我抓着我画的绿色火鸡，和老妈一起回到公园宫殿，却发现电梯出了故障。"去他妈的电梯。"老妈当时说。然后她说："小子，你没听见我刚才说了什么。"

那是好久以前的事了。

我走楼梯上去，开门进屋，发现老妈把家里的办公椅拖到了客厅的窗前，正坐在那儿喝着咖啡审稿。"我正要打电话给你，"她的视线下移，"我的天，那是一条新裤子！"

"抱歉，"我说，"也许你可以补一下。"

"我确实擅长很多事情，但缝补并不是其中的一项。我会拿到丹迪洗衣店请埃布尔森太太看一看。你午饭吃了什么？"

"汉堡。有生菜和西红柿。"

"真的吗？"

"我不能撒谎的。"我说。这句话当然让我想到了塞里奥特，我不由得打了个小小的寒战。

"给我看看你的胳膊。过来，到我能看清楚的地方来。"我走过去，展示我的划伤，我光荣的战士勋章。"好像用不着贴邦迪创可贴，但需要涂点消炎药膏。"

"好的。等会儿我能看 ESPN[1] 吗？"

"可以，但前提是家里有电。你不奇怪我为什么不坐在写字台前看稿，而是要坐在窗前吗？"

"哦，怪不得电梯不能用了。"

"福尔摩斯，你的推理能力让我震惊。"这是老妈的文学玩笑之一，

她有几十甚至上百个这种玩笑，"只有我们这栋楼停电，普罗文萨先生说所有的断路器都爆了，大概是因为某种电涌吧。他说他从没见过这种事。他希望能在今晚之前修好，但我猜天黑后咱们需要用蜡烛和手电筒凑合一晚上了。"

塞里奥特，我心想，虽然其实并不是他干的，是寄居在他体内的那团死光动的手。是它炸掉了灯具，是它弹开了一半的信箱，是它在离开时顺便烧坏了断路器。

我去卫生间涂消炎药膏。卫生间里很暗，于是我随手按了一下电灯开关。积习难改，对吧？我走出来，坐在沙发上，把消炎药膏涂在伤口上面，盯着没法看的电视，思考我们这个规模的公寓楼里有多少个断路器，以及同时烧坏所有断路器需要多么大的功率。

我可以吹口哨召唤那东西来。要是我吹口哨，它真的会来见这个名叫詹姆斯·康克林的小子吗？对一个再过三年才能申领驾驶执照的孩子来说，这个能力似乎过于巨大了。

"老妈。"

"怎么了？"

"你觉得我年纪大得可以交女朋友了吗？"

"不，亲爱的。"她都没从底稿上抬头看我。

"那什么时候算是够大了？"

"二十五岁怎么样？"

她笑了起来，我跟着她一起笑。我心想，也许等我长到二十五岁，我会召唤塞里奥特，命令他倒杯水给我。但转念一想，他端来的东西很可能会有毒。也许——纯粹为了胡思乱想和找乐子——我会命令死光用塞里奥特的脑袋顶地倒立，来个大劈叉，也许再让它去天花板上走一圈。或者我可以让它滚蛋，叫它哪儿凉快哪儿待着去。当然了，我不需要等到二十五岁再这么做，我随时都可以召唤它。但我不愿意，我要让它暂时当我的囚徒，让那团恶心又可怕的死光缩减得还比不上罐头瓶里的一只萤火虫，看看它感觉如何。

晚上十点，供电终于恢复了，这个世界一切都很美好。

45

星期天，老妈建议我们去探望伯克特教授，看看他身体如何，顺便回收砂锅菜的焙盘。"咱们还可以去阿贝面包房买些可颂面包带给他。"

我说这个主意不错。老妈打电话给教授，教授说他非常希望见到我们，于是我们走到面包房，买完面包后叫了辆出租车。老妈拒绝使用优步，她说那东西不属于纽约，而出租车属于纽约。

我猜就算人老了，现代医学的奇迹也一样管用，因为伯克特教授又用回了一根手杖，而且行动颇为自如。他还没好到能重新参加（前提是他以前参加过）纽约马拉松的地步，但他在门口拥抱我老妈的时候，我不再像上次见到他时那样，担心他会一头栽倒在地了。他向我投来盼望的视线，我轻轻点了点头。他笑了，我们心意相通。

老妈走来走去，摆出可颂面包与附送的小块黄油和小罐果酱。我们在厨房吃东西，十点来钟的阳光斜射进来。这是一顿愉快的简餐，等我们吃完了，老妈把剩下的砂锅菜（实际上是大部分的砂锅菜，看来人老了胃口就会变小）装进塑料盒，洗干净她的焙盘。她把焙盘竖起来晾干，说声抱歉就钻进了卫生间。

她一离开，伯克特教授就从桌上探过身子。"怎么回事？"

"昨天我出电梯的时候，他在走廊里堵我。我想也没想就冲上去抱住了他。"

"他出现了？这个塞里奥特？你看见他了？摸到他了？"伯克特教授依然对此将信将疑，我能从他的脸上看出来。说真的，这难道能怪他吗？

"对。但他不是塞里奥特，已经不是了。他的身体里有一团死光，它企图逃跑，但我坚持到了最后。很吓人，但我知道要是我放走了它，我的结局肯定不会太好。最后，等它意识到塞里奥特在消散，它——"

"消散？消散是什么意思？"

卫生间里传来马桶冲水的声音。老妈要洗过手才会回来，但洗个手也用不了多久。

"教授，我把你要我说的那番话说给它听。什么我吹声口哨，它就必须来见我，什么现在轮到我纠缠它了。最后它同意了，我逼着它大声说了一遍，于是它说了。"

教授正要继续提问时，老妈回来了。我看得出他心神不宁，依然认为整个对峙都发生在我的脑海中。我明白，但同时也有点生气，毕竟他知道所有事情，包括戒指和托马斯先生的小说。回顾往事时，我终于理解了他。先入之见是很难跨越的障碍，我认为聪明的人反而更难跨越。他们知识渊博，也许正因为这样，他们才会以为自己无所不知。

"杰米，咱们该走了，"老妈说，"我还有一份稿子没审完呢。"

"你永远有稿子没审完。"我说。她笑了，因为这是真的。经纪公司办公室和家里办公室的桌上各有一摞待读稿件，而且越堆越高。"咱们走之前，你和教授说说咱们那栋楼昨天发生了什么。"

她转向伯克特教授。"事情非常奇怪，马蒂，整栋楼的断路器全都烧坏了，就在同一时间！普罗文萨先生——他是我们的管理员——说肯定是发生了什么电涌，他说他从没见过这种事。"

教授看上去惊呆了。"只有你们的那一栋楼？"

"没错，"她说，"好了，杰米，咱们走吧，让马蒂好好休息。"

离开时的情形几乎重演了进门时的情形，伯克特教授向我投来盼望的视线，我轻轻点了点头。

我们心意相通。

46

那天晚上我收到了他用 iPad 发送的电子邮件。在我认识的人里，只有他在写邮件时不忘问候。他写的是一封真正的信件，而不是"你好吗""ROFL"和"IMHO"[1]。

亲爱的杰米：

今天上午你和你母亲离开后，我研究了一下伊斯特波特镇超市里那颗炸弹的发现经过，我早该去查一下的。我查到的东西很有意思：伊丽莎白·达顿在所有新闻报道中都没有占据重要地位，荣誉主要归了拆弹组（尤其是他们的嗅探犬，因为人们喜欢狗，我记得市长甚至给一条嗅探犬发了奖章）。报道提到她的时候，只说她是"一名警探，从以前的内线那里得到了情报"。她没有出席炸弹成功拆除后举办的记者招待会，也没有受到官方表彰，我认为这很不正常。不过，她总算保住了工作。这也许就是她想要的和她上司认为她应得的全部奖励。

根据这一调查结果，加上你与塞里奥特对峙时你们那栋楼的奇异电涌，还有你先前告诉我的其他事情，我无法不相信你告诉我的一切。

---

1 分别是"笑得我满地打滚"和"依我拙见"的缩写。——译者注

我必须提醒你一定要谨慎。你说现在轮到你来纠缠它了，你吹个口哨它就必须出现，我不喜欢你说这些话时的表情。也许它真的会乖乖听话，但我希望你千万不要这么做。走钢丝的人也有失足的时候，驯养狮子的人会被看似温顺的大猫伤害，在特定的条件下，就连最乖的狗也会转而袭击主人。

杰米，我给你的忠告是，别去招惹那东西。

送上美好的祝愿，你的朋友
马丁[1]·伯克特（马蒂）教授

又及：我非常好奇，想听你说说这次异乎寻常的遭遇的具体细节。假如你愿意来见我，我会带着极大的兴趣听你讲述。尽管事情似乎迎来了一个完美的结局，但我猜你依然不愿意用这个故事加重你母亲的负担。

我立刻回信。我的回应短得多，但我模仿他的行文风格，写得就像一封邮寄的信。

亲爱的伯克特教授：

我很乐意来见你，但我要到星期三才能成行，因为星期一我们要去参观大都会艺术博物馆，星期二有一场校内男女对抗排球赛。假如星期三没问题的话，那么我放学后就去，大概三点半能到，但我只能待一小时左右。我会对老妈说我想去看看你，当然这也是真的。

你忠实的朋友
詹姆斯·康克林

---

1 马蒂的全称。

伯克特教授的 iPad 肯定就放在大腿上（我想象他坐在客厅里，许多带框的老照片环绕着他），因为他立刻就回信了。

亲爱的杰米：

　　星期三当然可以。我会在三点半等你来，准备好提子曲奇。你想配茶还是软饮料呢？

你的
马蒂·伯克特

我没有费神把回应写成信件格式，只是说我不介意喝杯咖啡。想了想，我又加上一句：我老妈允许我喝咖啡。这不完全是撒谎，而他回我一个大拇指的图案。我觉得他还挺时髦的。

我确实又和伯克特教授聊了聊，但既没有喝东西也没有吃点心。他不再需要这些东西了，因为他去世了。

47

星期二上午，我又收到了他的邮件。老妈也收到了这封邮件，另外几个人同样收到了。

亲爱的朋友们和同事们：

　　我收到了一个坏消息。戴维·罗伯逊，我的老朋友、老同事和前系主任，昨晚在佛罗里达州西耶斯塔岛的退休住所突发心脏病，现已送至萨拉索塔纪念医院。医生称他生还机会渺茫，甚至不可能恢复意识。我认识戴维和他挚爱的妻子玛丽已有四十余年，因此尽管我不愿离开，但我必须前往佛罗里达，哪怕只是为了安慰他的妻子和参加有可能举办的葬礼。待我回来以后，我会重新安排在此期间的约定。

　　在我逗留期间，我会住在奥斯普里的本特利精品酒店（这名字[1]起的！），你们可以打电话到那里找我，但最方便的联系方式依然是邮件。如诸位所知，我没有携带个人电话的习惯。我为可能造成的种种不便而道歉。

你真诚的

马丁·F.伯克特教授（荣休）

　　"他真是个老古董。"吃早饭的时候我对老妈说。她的早饭是葡萄柚和酸奶，我的则是燕麦圈。

　　她点点头。"确实，像他这样的人现在不多了。都这把年纪了，还要千里迢迢去送老朋友最后一程……"她摇摇头，"了不起。值得敬佩。还有那封电子邮件！"

　　"伯克特教授不写电子邮件，"我说，"他是在写信。"

　　"是啊，但我想说的不是这个。说真的，他这个年纪的人，能有多少约会和预定访客？"

　　嗯，至少有一个，我心想，但我没说。

---

1 原文为 Bentley's Boutique Hotel，有些绕口。

48

　　我不知道教授的老朋友有没有去世，只知道教授去世了。他在飞行途中突发心脏病，飞机降落时坐在座位上的已经是个死人。他的另一个老朋友是他的律师，教授最后一封信的收件人里也有他。这位律师接到了电话通知，负责把尸体运回纽约，老妈接手了剩下的事情。她暂时歇业，安排葬礼的一应事宜，我为她感到自豪。她哭得很伤心，因为她失去了一个朋友，我同样伤心，因为教授也是我的朋友。利兹离开后，他是我唯一的成年人朋友。

　　葬礼在公园大道的长老会教堂举办，七年前，莫娜·伯克特的葬礼同样在这里举办。老妈非常气愤，因为教授住在西海岸的女儿没来参加葬礼。后来，出于好奇，我调出伯克特教授的最后一封邮件，发现收件人里没有她。收到这封信的女人只有三个：老妈、理查兹夫人（公园宫殿四楼和他关系很好的一位老太太）和多洛雷丝·马高恩，伯克特太太曾经错误地预言她的鳏夫丈夫很快就会邀请她共进午餐。

　　去教堂参加葬礼的时候，我四处寻找教授的身影，心想既然他的妻子参加了她的葬礼，他说不定也会来参加自己的葬礼，但他不在这里。等我们去公墓为他送别的时候，我看见他坐在一块墓碑上。那块墓碑在二三十英尺开外，但也不算太远，我认为他能听见人们在说什么。祈祷的时候，我抬起手，偷偷朝他挥了挥，其实只是摆了摆手指，但他看见了，微笑着朝我挥挥手。他是个普普通通的死人，不是肯尼思·塞里奥特那样的怪物，于是我哭了起来。

　　老妈搂住了我。

49

葬礼是星期一的事情，所以我没能和同班同学去大都会艺术博物馆，而是向学校请了一天假。回到家之后，我对老妈说我想出去走走，需要想点事情。

"当然可以……只要你没事就行。你没事吧，杰米？"

"当然。"我用微笑向她证明。

"五点前回来，否则我会担心的。"

"一定回来。"

我刚走到门口，她就问了我一直在等待的那个问题。"他出现了吗？"

我考虑过要不要撒谎，免得她听了心里难过，但也许恰好相反，也许真相会让她心里舒服一些。"他没在教堂出现，不过我在公墓看到他了。"

"他……他看上去怎么样？"

我说他看上去挺好，事实上他看着确实挺好。死人永远身穿他们去世时穿的衣服，伯克特先生穿的是一身棕色西装，对他来说稍微有点大，但我觉得他看上去依然得体。我喜欢他换上正装去坐飞机的这个细节，因为这从另一个侧面说明了他是个老古董。另外，他没挂手杖，也许是因为他去世时没拿着手杖，也可能是因为心脏病突发时他扔掉了手杖。

"杰米，能在出去散步前给你老妈一个拥抱吗？"

我拥抱她，过了很久才放开。

50

我步行走到公园宫殿，多年前的一个秋天，我放学回家，一只手握着老妈的手，另一只手抓着我画的绿色火鸡。比起那个时候，现在的我年纪更大，个子更高，甚至更聪明了，但现在的我和从前的我依然是同一个人。我们既会改变，也不会改变。我没法解释，这是个谜。

我没有大门钥匙，所以不能进公寓楼，但我不需要进去，因为伯克特教授就坐在门前的台阶上，还穿着那身外出时穿的棕色西装。我在他旁边坐下。一个老太太牵着一条毛茸茸的小狗经过，小狗盯着教授看，老太太没有看。

"你好，教授。"

"你好，杰米。"

他在飞机上去世已经是五天前的事了，因此他的声音和其他死人的声音一样正在消散，就好像他既在从远处和我说话，同时还在继续离我而去。他看上去一如既往地和蔼，但也显得有些——怎么说呢——心不在焉。大多数死人都是这样，就连伯克特太太也不例外，尽管她比大多数死人都要健谈（有些死人不会主动开口，除非你去问他们问题）。他们之所以显得心不在焉，是因为他们在观望死者的行军，而不是在队伍里一起走吗？差不多，但还是不够确切。教授看上去像是心里有更重要的事情需要考虑，我第一次意识到我的声音对他来说肯定也在消散，他的整个世界肯定都在消散。

"你还好吗？"

"挺好。"

"心脏病发作痛苦吗？"

"痛苦，但很快就过去了。"他在看街道，而不是我，像是在整理自己的思绪。

"有什么需要我做的事情吗？"

"只有一件：绝对不要召唤塞里奥特。他早就不在了，会出现的是占据他身体的那个怪物。我记得在文学作品中，这类怪物被称为夺舍者。"

"我不会召唤他的，我保证。教授，它一开始为什么会附身在他身上呢？因为塞里奥特本身就是个邪恶的人，是吗？"

"我不知道，但似乎有这个可能。"

"你还想知道我抱住他之后发生了什么吗？"我想到他在邮件里说的话，"具体细节？"

"不想。"失望归失望，我并不吃惊。死人会对活人的生活失去兴趣。"但你必须记住我对你说的话。"

"我一定记住，别担心。"

他的声音里多了一丝恼怒的影子。"我很怀疑这一点。你勇敢得不可思议，但你也幸运得不可思议。你不理解事情的严重性，因为你还是个孩子，但你要相信我说的话。那东西来自这个宇宙之外，有些恐怖之物并非人类所能想象。你去戏耍它，就要面对死亡、发疯和灵魂毁灭的危险。"

我从没听过任何人说"戏耍"这个词，我猜这是教授的又一个老古董说法，就像把冰箱叫作冰盒子那样，但我明白他的意思。另外，假如他想吓唬我，那他确实做到了。我灵魂的毁灭！天哪！

"我不会召唤他的，"我说，"绝对不会。"

他没有回答，只是望着街道，双手搁在膝头。

"教授，我会想念你的。"

"好的。"他的声音一直在变得越来越微弱。用不了多久，我就会听不见他的声音，只能看见他的嘴唇在动了。

"我能再问你一件事吗？"真是个愚蠢的问题。只要我问，他们就必须回答，只不过我未必会喜欢听到的答案。

"问吧。"

我提出了我的问题。

51

回到家的时候，老妈正在做三文鱼。那是我们最喜欢的做法：用湿纸巾裹住鱼肉，放进微波炉里蒸。你肯定想不到这么简单的做法能做出什么美食，但它真的很好吃。

"很准时嘛，"她说，"冰箱里有一袋恺撒沙拉，能帮我装个盘吗？"

"交给我了。"我从冰箱（冰盒子）里取出沙拉，剪开包装袋。

"别忘了洗一洗。袋子上说已经洗过了，但我从不相信。用滤网洗。"

我拿起滤网，把生菜倒进去，用喷淋水龙头浇水。"我去了咱们以前住的公寓楼。"我说。我没有看她，把注意力放在手里的活计上。

"我猜到了。他在吗？"

"在。我问他女儿为什么一直不来看他，连葬礼都没来参加。"我关掉水龙头，"妈妈，她在精神病院里，他说她要在那儿度过余生了。她杀死了自己的孩子，然后试图自杀。"

老妈正要把三文鱼放进微波炉，但听完我说的话，她把鱼肉放在了料理台上面，一屁股坐在一把高脚凳上。"我的天哪。莫娜说她是加州理工学院一间生物实验室的助理研究员。她看上去非常自豪。"

"伯克特教授说她得了紧张什么障碍。"

"紧张性抑郁障碍。"

"对。就是这个。"

老妈低头看着我们的晚餐，粉红色的鱼肉透过包裹三文鱼的湿纸巾微微发亮。她似乎陷入了沉思。没过多久，她眉头之间的竖纹舒展开了。

"现在咱们知道了一些本来不该知道的事情。事已至此，后悔也没用。杰米，每个人都有秘密，你迟早会懂得这个道理。"

感谢利兹和肯尼思·塞里奥特，我已经懂得了这个道理。另外，我也发现了老妈的秘密。

不过那是后来的事了。

52

肯尼思·塞里奥特从新闻中消失后，其他坏人取而代之。另外，由于他不再来纠缠我，他也从我的意识表层中消失了。秋天越来越凉，转眼就是冬天，我依然会习惯性地在电梯门打开时后退一步，但等我长到十四岁，这个小小的条件反射也消失了。

我时不时还会看见其他死人（肯定还有一些死人是我没注意到的，只要不是死于外伤，或者不凑近仔细看，死人看上去就和普通人没什么区别）。有一个死人我想特别说一说，尽管他和故事主线毫无关系。他是个小男孩，不会比我看见伯克特太太的时候更大。他站在公园大道中央的分隔岛上，身穿红色短裤和星战 T 恤，脸色惨白，嘴唇发青。我猜他想哭，但他脸上没有泪水。他看上去有些面熟，于是我穿过公园大道的下城区一侧，问他发生了什么——当然了，我是指在死亡之外还发生了什么。

"我找不到回家的路了！"

"知道地址吗？"

"我住在第二大道490号16B公寓。"他一口气说完，像是在放录音。

"好的，"我说，"离这儿很近。跟我来，小子，我领你回家。"

那栋楼名叫基普湾花苑。我们走到楼下，他直接坐在了路沿上。他不哭了，表情也变得和其他死人一样心不在焉，我不想把他扔在这儿不管，但也不知道还能做什么。离开前我问他叫什么，他说他叫理查德·斯卡拉蒂，我一听就知道我为什么觉得他面熟了。纽约一台放过他的照片，几个大孩子在中央公园的天鹅湖里淹死了他。那几个小子哭得脸色发青，说他们只是在闹着玩。也许他们说的是真话，也许以后我能理解这种事，但事实上我觉得不可能。

53

我们的家境又好了起来，我可以去上私立学校了。老妈给我看道尔顿学校和友谊学校的宣传册，但我选择待在公立学校里，去罗斯福高中，也就是野马队的母校。学校挺好，那几年我和老妈过得都很愉快。她签下了一个特别牛逼的客户，他专门写巨魔、森林精灵和高贵人类漂泊冒险的故事。我算是认真地交了个女朋友，玛丽·卢·斯坦，尽管她的名字像邻家女孩，却是个聪明的哥特狂和超级影迷。我们差不多每个星期都要去一次安吉利卡电影中心，坐在后排座位上看有字幕的外国片。

我生日后不久的一天（我已经到了十五岁这个极其成熟的年龄），老妈发短信过来，问我放学后能不能先来一趟经纪公司的办公室。没什么大事，她说，只是有个消息想当面告诉你。

等我到了办公室，她给我倒了杯咖啡（不太寻常，但我已经十五岁了，所以也不算前所未有），问我记不记得赫苏斯·埃尔南德斯。我说我记得，他当过几年利兹的搭档，老妈和利兹与埃尔南德斯警探和他的妻子吃饭的时候有几次带上了我。那是很久以前的事了，但你很难忘记一个身高六英尺六英寸的魁梧警探，而且他还叫耶稣（Jesus），尽管在西班牙语里的发音是赫苏斯。

"我喜欢他的脏辫，"我说，"非常酷。"

"他打电话说利兹丢了工作，"老妈和利兹已经分手很久了，但老妈看上去还是很不高兴，"她终于因为运毒被抓了。赫苏斯说她持有大量海洛因。"

这个消息打蒙了我。利兹和老妈交往没多久就开始对她不好了，对我当然更加不好，但这依然是个坏消息。我记得她挠我痒痒，直到我险些尿裤子；我记得我坐在她和老妈之间的沙发上，三个人拿电视剧开愚蠢的玩笑；我记得她带我去布朗克斯动物园，给我买了一团比我脑袋都大的棉花糖。另外，别忘记她救了五十甚至一百条生命，要不是她，他们就会被锤神的最后一颗炸弹杀死。无论她的动机是好是坏，她都拯救了那些生命。

我想起了我在她们最后一次争执时听到的那个词——重大责任，当时老妈这样对利兹说。"她不会进监狱吧？"我问。

"赫苏斯说她暂时被保释了，但到最后……亲爱的，我猜她很可能要进去。"老妈说。

"唉，该死。"我想象利兹身穿橙色囚服，就像老妈有时候看的那部网飞剧里的女人们。

她拉住我的手。"对对对。"

54

利兹绑架我是两三星期以后的事情了。你可以说寻找塞里奥特的时候她已经绑架过我了，但那次更像是诱拐，而这次是真的绑架。她没有不顾我又踢又叫逼我上车，但确实是强迫我跟她走的。因此在我看来，这就是绑架。

我参加了网球队，被绑架的那天，我打完几场练习赛（出于某些愚蠢的理由，我们的教练称之为"热身"），正走在回家的路上。我背着书包，一只手拎着网球包，走向公共汽车站，路边有一个女人靠在一辆破旧的丰田车上，低着头看手机。我从她身边走过，没有多看一眼，我根本没想到这个憔悴女人是老妈的朋友。她稻草般的头发随风飘荡，披在衣领上，连帽大衣没拉上拉链，里面是加大码的灰色运动衫，宽松的牛仔裤盖住了肮脏的牛仔靴。老妈的朋友喜欢窄脚修身裤和低胸真丝衬衫。老妈的朋友习惯把头发向后梳，绾成一个短短的马尾辫。老妈的朋友看上去很健康。

"嘿，冠军，看见老朋友连个招呼都不打？"

我停下脚步，转过身去。刚开始我依然没有认出她来。她脸色苍白，瘦得皮包骨头，额头上的瘢痕连化妆品都遮不住。我倾慕过的那些曲线（当然是从一个小男孩的角度来说的）全都没了，她的胸部曲线曾经那么惊人，但大衣底下的宽松运动衫只显出了一点痕迹。乍看之下，我敢说她掉了四十甚至五十磅体重，而且老了至少二十岁。

"利兹？"

"还能是谁。"她对我微笑，然后用掌根擦了一下鼻子，遮住了笑容。吸毒的损耗，我心想，她因为吸毒憔悴成了这样。

"你还好吗？"

这也许不是个明智的问题，但在当时的情况下，我只能想到这一个问题。我谨慎地与她保持了一段我心目中的安全距离，要是她做出什么奇怪的举动，我可以拔腿就跑，把她甩掉。我无法排除这个可能性，因为她看上去就是很奇怪。她不像电视上的演员在假装吸毒成瘾，而是像你时不时在现实生活中见到的毒虫，他们在公园长椅上打盹，在废弃建筑物的门洞里睡觉。我猜纽约现在比以前太平多了，但毒虫依然是风景线中偶尔的点缀。

"我看上去怎么样？"她哈哈一笑，但不是快乐的那种笑，"别回答这个问题。咱们曾经做过一件善事，对吧？我没得到我应有的赞誉，但是，去他妈的，咱们救了很多人的性命。"

我脑内浮现出我因为她而经历的一切——在塞里奥特的事之外，她还扰乱了老妈的生活，害得我和老妈都度过了一段艰难的时光。而现在她又冒了出来，她是一个祸害，总会在我最意想不到的时候出现。我很生气。

"你配不上任何赞誉，让他开口的是我。我为此付出了代价，而你根本不想知道。"

她歪着头看我。"我当然想知道，冠军，说说你付出了什么代价吧。做了几个噩梦，见到了他脑袋上的窟窿？想做噩梦吗？抽个时间去看看一辆被焚毁的 SUV[1]，车上有三具烧焦的尸体，每一具都是一个坐在座位上的孩子。所以你付出了什么代价？"

"懒得和你说。"我转身要走。

她伸出手，抓住了我网球包的带子。"别着急。我又需要你帮忙了，冠军，给我上车吧。"

"没门儿。放开我的包。"

她没有松手，于是我拽了一下。对她来说算不了什么，但她被拽

---

1 即运动型休旅车。

得跪倒在地，轻轻地喊了一声，松开了抓住带子的手。

一个路过的男人停下脚步，用成年人看见孩子干坏事的眼神看着我。"小子，你不能这么对待一位女士。"

"滚你的吧，"利兹对他说，自己爬了起来，"我是警察。"

"随你便，随你便。"男人说着继续向前走，没再回头看。

"你已经不是警察了，"我说，"我不会和你去任何地方。我甚至不想和你说话，所以你就放过我吧。"话虽如此，我还是有点过意不去，因为我那一下拽得太用力，害得她跪倒在地。我想起她在我们家里也曾跪在地上，但那是为了和我玩火柴盒小汽车。我想告诉自己那是上辈子的事情了，但是没用，因为那不是上辈子的事情，而是就发生在我的这辈子里。

"哈，但你必须和我走。否则全世界都会知道雷吉斯·托马斯的最后一本书其实是谁写的。还记得从破产边缘拯救了小蒂的那位畅销书作家吗？死后写作的那位畅销书作家？"

"你不能这么做，"她的话带来的震惊稍稍退去后，我又说，"你也做不到。到时候你和老妈各执一词，而你不仅是个毒贩，还明显是个毒虫。谁会相信你呢？没人会信！"

她从裤子后袋里掏出手机。"那天录音的不止蒂亚一个人。你听一听。"

我听见的东西让我的胃直往下沉。那是我的声音，比现在稚嫩得多，但依然是我的声音。我在对老妈说通往罗阿诺克湖的小径上有个烂树桩，纯儿会在树桩下发现她在找的钥匙。

老妈："她怎么知道是哪个树桩？"

停顿。

我："马丁·贝坦科尔特用粉笔在其中一个树桩上面画了个十字。"

146

老妈："她是怎么处理钥匙的？"

停顿。

我："拿给了汉娜·罗伊登。她们一起去沼泽，发现了洞窟。"

老妈："汉娜做了寻火仪式？险些害得她被当作巫婆吊死的那个仪式？"

停顿。

我："没错。托马斯先生说乔治·思雷德吉尔跟踪了她们，还说看见汉娜之后，乔治肿胀了起来。妈妈，那是什么意思？"

老妈："不用管——"

利兹停止了播放。"我还有很大一段录音呢，没有全录下来，但至少有一个小时。不用怀疑，冠军，就是你在向你老妈口述她要写的那本书的剧情。你在新闻里会扮演一个更重要的角色，詹姆斯·康克林，灵媒少年。"

我盯着她，肩膀沉了下去。"上次你为什么不放给我听？我们去找塞里奥特的那次？"

她看着我，好像我很傻似的，也许我确实很傻。"因为没必要。那会儿你还是个可爱的孩子，只想做正确的事情，现在你十五岁，已经大得讨人嫌了。作为一名青少年，我猜这是你的权利，但这种事改天再讨论吧。现在我只想问你一句：你是愿意上车和我走一趟，还是想让我去找《纽约邮报》的一个熟人记者，向他提供一个特别有料的内幕消息？比如，一个文学经纪人如何在她的通灵儿子的帮助下，伪造了她去世客户的最后一本书？"

"和你去哪儿？"

"那是个秘密，冠军。上车，你会知道答案的。"

我似乎别无选择。"好吧，只有一点。别再叫我冠军了，我又不是你的宠物小马。"

"没问题，冠军，"她笑嘻嘻地说，"开玩笑，只是开个玩笑。上车吧，杰米。"

我上了她的车。

55

"这次又要让我和哪个死人谈一谈了？无论这个人是谁，无论你想问什么，我都不认为问到的答案能让你不进监狱。"

"哦，我不会进监狱的，"她说，"我不喜欢那儿的饮食，更别说那儿的人了。"

我们经过标着"库默州长大桥"的路牌，纽约人依然管这座桥叫塔潘齐大桥，或者简称为塔桥。"我们去哪儿？"

"伦菲尔德。"

我只知道一个伦菲尔德，就是《德古拉》里伯爵那位吃苍蝇的仆人。"在哪儿？塔里敦的某个角落里？"

"不，伦菲尔德是新帕尔茨北面的一个小镇，开过去需要两三个小时。所以你就安安静静坐好，享受这趟旅程吧。"

我瞪着她，慌得几近惊恐。"你肯定是在开玩笑吧！我应该回家吃晚饭的！"

"看来蒂亚今晚只能一个人吃她的盛宴了。"她从大衣口袋里掏出一小瓶白里透黄的粉末，瓶盖上连着一个金色小勺。她一只手拧开瓶盖，倒了些粉末在开车那只手的手背上，然后把鼻子凑上去使劲一吸。接着她拧上瓶盖（依然用的是单手），把小瓶塞回口袋里。整套动作完成得既敏捷又娴熟，明显经过了长期练习。

她看见我的表情，微微一笑。她的眼睛里多了几分神采。"从没见过别人做这种事？杰米，你过着多么狭隘的生活啊。"

我见过其他年轻人吸大麻，甚至自己也试过几口，但更强的毒品？不，我没试过。有一次在校园舞会上有人问我要不要摇头丸，我拒绝了。

她又用手掌抹了一下鼻子，这个手势并不好看。"我本想分你一点的，我这人喜欢和人分享，但这是我的个人特调配方：两份可卡因兑一份海洛因，再加一丁点芬太尼。我已经有抗药性了，但你用了会爆脑血管。"

也许她确实有了抗药性，但我看得出她这会儿吸上头了。她坐得更加笔直，话也更多了，不过她总算还能开一条直线，车速也在限速范围之内。

"这都怪你老妈，明白吗？有几年我做的仅仅是从 A 点送货到 B 点，A 点不是第七十九大街的水上人家就是斯图尔特机场，B 点可能是五大区内的任何一个地方。刚开始我主要运送可卡因，但奥施康定改变了一切。那东西很容易让人上瘾，我指的是一转眼那么快，医生哪天停止开处方，药虫哪天就会去街上买，价钱就这么涨上去了。后来他们发现吸白护士也一样快乐，价钱还更便宜，于是纷纷转投阵营。咱们要去见的那个人就供应这东西。"

"也就是死了的那个人。"

她皱起眉头。"别打断我，小子。你不是想知道吗？听我告诉你。"

我想知道的事情只有一件，那就是我们要去哪儿，但我没这么说。我在尽量克制恐惧感。效果还是有一点的，因为这个人毕竟是利兹，但效果也很有限，因为这个人完全不像我认识的那个利兹。

"有句老话说得好，卖药的人不嗑药，这算是一条戒律，但蒂亚把我赶出门之后，我开始揩油了。一开始只是为了不让自己过于沮丧，接着我越揩越多。过了一阵，再叫揩油恐怕就不合适了。我有了毒瘾。"

"老妈赶你出门是因为你带毒品到我们家，"我说，"那是你自己的错。"保持安静也许更加明智，但我忍不住要这么说。她因为自己做的事情而责怪老妈，这让我的怒火重新烧了起来。然而她根本没注意我在说什么。

"但有件事我要告诉你，冠——杰米，我从没注射过。"她的语气带着某种目中无人的自豪，"一次也没有过。因为用鼻子吸，你还有可能戒掉。一旦开始注射，那就是不归路了。"

"你在流鼻血。"一小股鼻血顺着她鼻子和上嘴唇之间的凹槽淌了下来。

"是吗？谢谢。"她又用掌根抹了一下，然后扭头对着我，"全擦掉了吗？"

"嗯。好好看路。"

"是的，先生，指挥得好，先生。"她说。有一瞬间，她似乎又变成了以前的利兹——还不至于让我心碎，但心酸还是有一点的。

我们继续赶路。对一个工作日的下午来说，交通情况不算太差。我想到老妈。她还在经纪公司的办公室里，但很快就会回家了。刚开始她不会担心，然后会有点担心，最后会非常担心。

"我能打个电话给老妈吗？不会说我在哪儿，只是报一声平安。"

"没问题，你打吧。"

我刚从口袋里掏出手机，手机就不见了，她一把抓了过去，那速度就像蜥蜴吃虫子。我还没明白过来发生了什么，她已经打开车窗，把手机扔在了公路上。

"你干什么？"我喊道，"那是我的手机！"

"很高兴你提醒我想到你的手机，"此刻我们在顺着路标驶向 87 号州际公路，"我完全忘记了。知道吗，他们管那玩意儿叫毒品可不是没有原因的。"她放声大笑。

我给了她肩膀一拳。车歪了一下，随即拉正，有人朝我们按喇叭。利兹又瞪了我一眼，笑容不翼而飞，她以前对别人宣读权利的时候大概就是现在这个表情——你明白的，对犯人。"杰米，你再碰我一下，我就一拳打在你卵蛋上，保证疼得你吐出来。反正那也不是某个人第一次在这辆破车里呕吐了。"

"你想一边开车一边揍我？"

笑容回来了，她的嘴唇微微分开，露出了牙齿的边缘。"你试试看。"

我没有试。我什么都没尝试，包括（也许你正在想这个）召唤寄居在塞里奥特体内的那个东西，照理说它现在要听我使唤了——吹声口哨，它就必须出现，它是我的奴隶，还记得吗？事实上，我根本没想到它（或者他）。我忘记了，就像利兹忘记了没收我的手机那样，而我甚至没法拿我吸了一鼻子的毒品当借口。不过就算我记得，我也未必会那么做，天晓得它会不会真的出现。就算它出现了……嗯，我害怕利兹，但我更害怕那团死光。死亡，发疯，灵魂的毁灭，教授这么说过。

"你动动脑子，小子。要是你打电话说你一切都好，只是在陪你的老朋友利兹·达顿兜兜风，你觉得她会说什么？难道她会说'好的，杰米，没问题，记得让她请你吃饭'吗？"

我没有说话。

"她会报警。但这还不是最重要的事情。我一开始就应该扔掉你的手机，因为她能追踪你的位置。"

我瞪大了眼睛。"狗屁，她追踪不到。"

利兹点点头，又笑了，她的眼睛看着路，超过了一辆拉着两个集装箱的重型卡车。"她在你的第一只手机里安装了定位应用，那时候你十岁。我教她怎么把应用隐藏起来，否则你发现了肯定会很生气。"

"两年前我换手机了。"我嘟囔道。眼泪刺痛了我的眼角，我也不知道为什么。我觉得……我不知道该怎么形容。不，等一等，也许我知道：我觉得自己遭受了背叛。对，这就是我的感觉——背叛。

"你以为她不会在新手机里装定位应用吗？"利兹阴森森地笑了一声，"你开什么玩笑！你是她唯一的亲人，小子，你是她的小王子。就算再过十年，你已经结婚了，正在给第一个孩子换尿布，她也还是会追踪你的位置。"

"他妈的骗子。"我说，但我在对着自己的大腿说话。

我们刚开出城区，她就又吸了一口她的特调配方，动作和上次一样敏捷而娴熟，但这次车头稍微摆了一下，后面的车再次不满地按喇叭。我一开始以为是警车在示意我们停下，还觉得那可就太好了，会结束这场噩梦，但转念一想，可能也没那么好。在利兹目前这个超级兴奋的状态下，她多半会企图逃跑，最后害死我和她两个人。我想到中央公园的那位老兄，有人用上衣盖住了他的脸和上半身，这样围观者就看不见尸体最惨烈的那部分，但我看见了。

利兹又高兴了起来。"你会成为一个好侦探的，杰米，这种特殊的才能可以让你出名。杀人犯不可能从你手里逃脱，因为你能和受害者交谈。"

我确实想过那么一两次。詹姆斯·康克林，死灵侦探，或者生魂侦探。我不确定哪个名号听起来更响亮。

"但不能去纽约警察局，"她继续道，"让那些混蛋去死吧。你可以当个私家侦探，我都能看见你的名字标在玻璃门上了。"她短暂地松开方向盘，用手指在半空中画了一个圈住名字的方框。

又是一声车喇叭。

"你他妈好好开车。"我尽量掩饰自己的惊慌——很可能是徒劳，因为我确实很惊慌。

"别担心，冠军。我忘记的车技比你这辈子学到的都多。"

"你又在流鼻血了。"我说。

她又用掌根抹了一下，然后擦在运动衫上。从运动衫的颜色来看，这已经不是她第一次这么干了。"鼻中隔坏了，"她说，"我会去治好的，等我顺利戒毒之后。"

我们沉默了一会儿。

56

开上州际公路之后，利兹又给自己来了一口特调配方。我想说她开始让我害怕了，但又觉得很久之前我就在怕她了。

"想知道咱们为什么会出现在这儿吗？我和你，福尔摩斯和华生，再次踏上冒险旅程？"

我可不会用冒险来形容这一趟旅程，但我没有说话。

"看你的表情我就明白你不想知道。没关系，说来话长，而且也不好玩，但有一点我可以告诉你：没有一个孩子说他们长大了会想当流浪汉，或者大学校长，或者腐败的警察，或者在韦斯特切斯特县收垃圾——这就是我姐夫最近在干的事情。"

她哈哈一笑，尽管我不知道收垃圾有什么好笑的。

"有件事你也许会感兴趣，我从 A 点到 B 点送了很多毒品，收到了酬劳，但你老妈在我衣服口袋里发现的那一包却是我为朋友免费送的。现在想起来，还真是挺讽刺。那时候内务部盯上了我，他们不敢确定，但已经在怀疑我了。我担心小蒂会告发我，怕得要死。当时我应该洗手上岸才对，但我已经做不到了。"她停下来想了想，"也可能是我不愿意收手。回头再看，我已经没法确定了，但我不由得想到了切特·阿特金斯说过的一段话。知道切特·阿特金斯吗？"

我摇摇头。

"伟人多么容易被遗忘啊。等你回去，记得谷歌一下。他是个了不起的吉他手，能和克拉普顿和诺弗勒相提并论。那段话说的是他给乐器调音的手法多么差劲：'等我意识到我不擅长调音的时候，我已经太有钱，没法退出了。'我留在运毒这一行也是这个道理。既然还要在纽约州际公路上消磨时间，那我就再告诉你一件事吧。你以为2008年经济翻肚皮的时候，只有你老妈一个人倒霉吗？我投资了一组股票，不算很多，但毕竟是我的钱。这笔钱也一起灰飞烟灭了。"

她又超过了一辆双箱集卡。她开得很小心，在拐上超车道和回到行车道的时候都打了灯。考虑到她摄入的毒品量，我不禁感到惊讶——同时也十分感谢她。我不想坐在她的车上，但更不想和她一起死于交通意外。

"但我姐姐贝丝更惨，她丈夫为一家大型投资公司工作。既然你没听说过切特·阿特金斯，那你大概也没听说过贝尔斯登公司吧？"

我不知道应该点头还是摇头，于是我傻坐在那儿。

"丹尼，也就是我姐夫，如今主营垃圾管理事业。贝丝嫁给他的时候，他在贝尔斯登公司刚入门，但前途无量。按照一首老歌的说法，他的未来太光明了，他必须戴上墨镜才行。他们在塔卡霍村买了房子，办了一大笔抵押贷款，每个人都向他们保证——也包括我，真是瞎了眼睛——那附近的房价只涨不跌，就像股市一样。他们找了个互惠生给孩子做伴，还在绿色山丘乡村俱乐部办了初级会员。他们是不是得意忘形了？妈的，当然。贝丝会不会看不起我的区区七万美元年薪？废话。但你知道我父亲喜欢怎么说吗？"

我怎么可能知道？我心想。

"他喜欢说要是你想甩掉自己的影子，多半会摔个狗吃屎。经济完蛋的时候，丹尼和贝丝正讨论在院子里建游泳池呢。贝尔斯登公司专营抵押证券，可是他们手里的证券忽然变成了废纸。"

她沉吟片刻，车开过了一个路标，上面印着"新帕尔茨50英里，波基普西70英里，伦菲尔德78英里"。我们离目的地只剩一个多小时的路程了，想到这儿，我起了一身鸡皮疙瘩，因为我和朋友们看过的一部特别血腥的恐怖电影就叫《最终目的地》[1]——尽管没法和《电锯惊魂》系列相比，但已经非常他妈的吓人了。

"贝尔斯登公司？真是个笑话。上个星期他们的股价还有一百七十美元，下个星期就冲着十美元去了。摩根大通集团捡了他们的破烂，其他公司也一个个跟着走上了断头台。高层人员安然过关，他们永远有退路，但小人物就不可能了。上油管看看吧，杰米，你会找到很多视频的。人们走出漂亮的中城办公室，整个职业生涯都装在怀中的纸板箱里，丹尼·米勒就是其中之一。加入绿色山丘乡村俱乐部还不到六个月，他就坐进了一辆格林怀斯垃圾车，不过他还算是比较幸运的了。至于他们的房子，血亏了。知道这是什么意思吗？"

我凑巧知道。"他们的负债超过了房子的价值。"

"给你个A+，冠……杰米。全班第一。那是他们全部的资产了，更不用说贝丝、丹尼和我的侄女弗朗辛只有那么一个屋顶可以挡风遮雨。请问这时候是谁伸出援手，不让他们断供，保住了那栋有四间卧室的累赘？"

"我猜是你。"

"非常正确。就这么说吧，贝丝不再鄙视我的七万美元年薪了。但光凭这么一点工资，再加上我累死累活的那点加班费，我不可能保住他们的房子，想也别想。靠我兼职给两家夜总会当保安？更加想也别想了。但我在夜总会认识了一些人，有了些关系，得到了些工作。有些行当不会被经济衰退所影响：丧葬、回收抵押物、保释、贩酒、贩

---

1 又名《死神来了》。——译者注

毒。不管经济景不景气，人们都要追求快感。另外，对，我喜欢好东西，我不会为此道歉。我觉得好东西能安慰人，我认为我配得上它们。我撑起了我姐姐一家的房梁，尽管这些年来贝丝一直看不起我，因为她更漂亮，更聪明，上的是真正的大学，而不是社区学校。而且，当然了，她还是个异性恋。"说到最后，利兹几乎咆哮了起来。

"后来呢，发生了什么？"我问，"你怎么会丢了工作？"

"内务部偷袭我，在我毫无准备的时候给我做尿检。倒不是说他们一直不知道，只是我在塞里奥特的案子上得分后，他们没法立刻除掉我，否则面子上就过不去了。他们耐心等待，我觉得这一招真是聪明。等他们把我逼上绝路了——至少他们这么以为——又企图让我反水，叫我带窃听器，陪他们演《谢皮科》[1]。但还有一句老话说得好，这句话不是我老爸教我的：告密者的归宿是阴沟。他们不知道我的袖子里还有一张王牌。"

"什么王牌？"你愿意说我傻就说吧，但我的困惑确实发自肺腑。

"你，杰米。你就是我的王牌。经历了塞里奥特那件事之后，我就知道我迟早会不得不打你这张王牌。"

57

我们径直驶过伦菲尔德的商业区，从主街上的酒吧、书店和快餐厅来看，这个镇子的人口肯定以大学生为主。开到伦菲尔德的另一侧，公路向西拐弯，进入卡茨基尔山区。又开了三英里左右，我们来到一

---

1 1973 年上映的电影，讲述一名警察的卧底和反贪故事。——译者注

个俯瞰着沃尔基尔河的野餐营地，利兹拐进去，熄灭引擎。营地里只有我们这辆车，她掏出她的特调配方小瓶，正要拧开瓶盖，一转念又放了回去。她拉开了大衣，我看见她的运动衫上还有几团血迹，想到她刚才说自己的鼻中隔坏了。她吸的东西在腐蚀她的肉体，这比《最终目的地》和《电锯惊魂》都要恐怖，因为这是真的。

"是时候让你知道为什么我要带你来这儿了，小子。你需要知道等会儿会发生什么，以及我希望你做什么。我不认为咱们分开的时候会是朋友，但至少可以还算融洽。"

我对此同样有所怀疑，但我没有说出口。

"假如你想知道毒品生意是怎么做的，那就去看《火线》吧。背景设置在巴尔的摩，而不是纽约，但毒品生意的做法不会随着地点改变。这是个金字塔，和其他挣大钱的组织一样。最底下是街头小拆家，以青少年为主，就算被抓也会以未成年身份受审。今天他们还在家事法庭上，明天就回到路口了。往上是大拆家，伺候的是俱乐部——我就是在俱乐部被招募的——和富豪，富豪通过大量买货来省钱。"

她哈哈一笑，我不明白这有什么可笑的。

"再往上一层是供货商、确保业务运行顺畅的初级经理人、会计和律师，然后是最顶层的大佬。这些人全都被分层隔开了，至少理论上应该是这样。底层的人知道他们顶上是谁，但也只知道这么多。中层的人知道他们底下都有谁，但往上还是只知道一层。但我不一样。我在金字塔之外，在这个……呃……在这个体系之外。"

"因为你是运送者。就像杰森·斯坦森的那部电影。"

"差不多吧。运送者按理说只认识两个人，我们在 A 点从一个人手里拿货，到 B 点把东西交给另一个人。B 点的人都是高级分销商，毒品从他们手里顺着金字塔向下流，最终目的地就是吸毒者。"

最终目的地。真是阴魂不散啊。

"但作为一名警察——腐败归腐败，但还是个警察，我会注意观察，明白吗？我不会问东问西，那样很危险，但我会仔细听他们说话。另外，我能——好吧，曾经能——使用纽约警察局和缉毒局的数据库。顺着金字塔往上摸到最顶层并不困难。向纽约和新英格兰地区输入三种主要毒品的有十几个人，但我的大老板就住在这儿，住在伦菲尔德，或者应该说他曾经住在这儿。他叫唐纳德·马斯登，从纳税表来看，他从前是一名建筑承包商，现在已经退休了。确实，他已经退休了。"

他曾经住在这儿，已经退休了。

肯尼思·塞里奥特的往事即将重演。

"小子渐渐明白过来了，"利兹说，"很好。介意我抽根烟吗？事情结束前我不能吸粉，结束后我要吸双份。我亲爱的血压要飙过红线了。"

她没有等我说可以，就直接点了支烟。还好她至少摇下身旁的车窗（好吧，摇下了一大半），把烟放了出去。

"唐尼[1]·马斯登的所有同事——同伙——都叫他唐尼大胖，原因很简单，他是一头大肥猪，请原谅我的政治不正确。他的体重远不止三百磅，亲爱的，四百二十五磅还差不多。他的死是自找的，就是昨天的事。脑出血。他的脑袋自己爆了，甚至不需要吃子弹。"

她深吸一大口烟，朝着窗外吐出去。阳光依然炽烈，但车的影子渐渐变长。太阳很快就要西沉了。

"他脑梗前一星期，两个老内线传话给我，说唐尼收到了从外国来的一大批货。他们都是 B 点的人，跟我的关系一直很好。他们说这批货的分量真的很大，不是白粉，而是药片，是仿制的奥施康定，供唐尼大胖个人出售。也许这批货是某种奖励，反正我是这么猜测的，因

---

1 唐纳德的昵称。

为金字塔事实上不封顶，就连老板也还有老板。"

我不由得想到老妈和哈利舅舅偶尔会念叨的一首小曲。我猜那是他们小时候学到的，尽管哈利舅舅脑袋里的重要东西现在全都随风而逝了，但他还记得这首歌。大跳蚤的背上有小跳蚤，小跳蚤的背上还有更小的跳蚤，直到无穷小。我猜我大概也会唱给我的孩子听——当然了，前提是我还能捞到做父亲的机会。

"药片啊，杰米！是药片！"她听上去超级兴奋，我不禁感到毛骨悚然，"很容易运输，更容易销售！大批的意思是两三千片，甚至上万片。里科是我在 B 点的两个老熟人之一，他说一共有四万片。你知道四万片在街头是个什么价吗？算了，你肯定不知道。一片八十美元，而且不像用塑料垃圾袋运海洛因那样提心吊胆，我可以直接装进一个他妈的手提箱。"

烟气从她的嘴唇之间蜿蜒着爬出来，她望着这缕烟飘向护栏和"请远离悬崖边缘"的警示牌。

"咱们要搞到这些药片，杰米，你要问清楚他把药片藏在哪儿了。我的朋友们问我，要是我能弄清楚这批货的下落，能不能分他们一份，我当然说没问题了，但这一次我说了算。另外，也许这批药没有一万片，也许只有八千或八百片。"

她歪着脑袋想了想，然后摇摇头，就好像在和自己争辩。

"肯定有几千片。至少也有几百片，很可能更多，这是唐尼把纽约客户伺候舒服了的奖励。假如我开始切分，用不了多久就会和鸡零狗碎扯上关系，而我不是搞零碎的那种人。我也许有点吸毒的小毛病，但绝对不搞零碎。杰米，你知道我会怎么做吗？"

我摇摇头。

"我会把这批货运到西海岸去，永远离开世界的这个角落。新衣服，新发色，新的我。我会在那边找到一个人，把这批奥施康定打包出售给他。我大概拿不到一片八十美元，但肯定不会便宜，因为奥施康定现在就像黄金一样珍贵，而这批货和真货一样好。然后我会给自己搞个新身份，配我的新发色和新衣服。我会去戒毒所重新做人，接着找份工作，最好是能让我弥补过错的那种，天主教管这个叫赎罪。你觉得怎么样？"

就像在做白日梦，我心想。

我的想法大概表现在了脸上，因为她的快乐笑容一下子凝固了。"你不这么认为？那好。你等着看吧。"

"我才不想看你呢，"我说，"我他妈只想离你远远的。"

她抬起一只手，我在座位上往后缩，以为她想扇我耳光，但她只是叹了口气，又擦了一下鼻子。"我怎么可能怪你呢？好了，来帮我实现梦想吧。我开车到他家门口，伦菲尔德路上的最后一栋房子，孤零零的就那一栋。你问他那些药片现在藏在哪儿，我猜应该在他的私人保险箱里。假如真是这样，那你就问他保险柜的密码是什么。他必须告诉你，因为死人不能撒谎。"

"我不敢保证，"我用撒谎证明我还是个大活人，"我又没问过几百个死人，大多数时候我不会跟他们说话。为什么要说呢？他们已经死了。"

"但塞里奥特告诉了你炸弹的位置，尽管他并不想开口。"

这是无可辩驳的事实，但还有另一种可能性。"万一他不在家里呢？万一他跟着尸体走了呢？或者，天晓得，他说不定会去佛罗里达探望他的父母。也许一个人死了就可以把自己传送到任何一个地方去。"

我以为她会因此而动摇，但她似乎无动于衷。"托马斯在他家里，对吧？"

"不等于所有死人都会在家里！"

"我很确定马斯登在他家里。"她听上去非常自信，不明白死人的行为是难以预测的，"咱们走吧，然后我会实现你最美好的愿望——你再也不会见到我了。"

她说这话的时候语气很惋惜，像是我应该同情她一样，但我并不同情她。对于她，我只有一个感觉，那就是害怕。

58

我们向上拐了几个平缓的 S 形转弯，刚开始路边还有些门外竖着信箱的房子，但房子之间的距离越来越远。树木逐渐取代了房屋，树影汇聚起来，尽管时间还早，但看上去已经很晚了。

"你觉得有多少个？"利兹问。

"什么？"

"像你这样的人，能看见死人的人。"

"我怎么可能知道？"

"你从没遇到过同类？"

"没有，这种事又不可能拿来随便聊。难道我能逢人就问'嘿，你能不能看见死人'吗？"

"好像不能，但你这个能力肯定不是遗传自你老妈。"她的语气像是在聊我的眼睛是什么颜色和我的头发卷不卷，"你父亲呢？"

"我不知道他是谁，什么都不知道。"谈到我的父亲，我开始感到不安，也许是因为老妈拒绝提到他。

"你从没问过吗？"

"我当然问过。她不肯回答。"我在座位上转向她，"她有没有和你说过……说过他？"

"我问过，得到的结果和你一样，一堵砖墙。完全不像小蒂的风格。"

我们又拐了几个弯，不过没那么平缓了。沃尔基尔河在我们脚下，夕阳照得它波光粼粼。也许现在是傍晚了。我的手表留在了家里的床头柜上，仪表盘上的时钟说现在八点一刻，这当然是胡说八道。另一方面，路况越来越差劲了。利兹的破车隆隆驶过开裂的路面，时而咚的一声碾过坑洞。

"也许她当时醉得太厉害，所以不记得了。也有可能她被强奸了。"我从没思考过这两种可能性，不由得有点畏缩。"别那么震惊，我只是在瞎猜。你是个大孩子了，至少可以想一想你老妈可能经历了什么。"

我没有大声反驳她，但我在脑海里说了。事实上，我认为她满嘴喷粪。就算一个人年龄再大，也不该怀疑自己的生命来自你老妈酒后在某个陌生人车后座上的一场云雨，或者你老妈曾经被拖进小巷里遭受强奸。我真的认为不该这么想。利兹这么说，很可能只是因为她遇到过这样的事情，也许这就是她以前的经历。

"也许你的天赋来自你的亲亲好老爸。真可惜，你不能去问他。"

我想说就算我遇到了他，也什么都不会问。我会一拳打在他嘴巴上。

"另一方面，你的天赋可能就是凭空产生的。我在新泽西的一个小镇里长大，同一条街上住着一家姓琼斯的人，夫妻俩和五个孩子挤在一辆破烂小拖车里。父母傻得像石块，四个孩子也一样，但第五个孩子他妈的是天才——六岁自学吉他，连跳两级，十二岁上了高中。你说这个天赋是从哪儿来的？你说说看。"

"也许琼斯太太和邮递员睡了。"我说，这是我在学校里听来的。利兹大笑。

"杰米，你可以去演小品了。真希望咱们还能是朋友。"

"也许你应该表现得像个朋友。"我说。

59

沥青路戛然而止，但前面的土路反而更好走：压得很实，刷了柏油，路面非常平缓。路口竖着一块巨大的橙色牌子，上面写着"私家道路，非请勿入"。

"万一有人在怎么办？"我问，"你知道的，比方说保镖？"

"假如有保镖，他们只会守着尸体。但尸体运走了，看大门的人应该也走了。除了园丁和管家，这儿没有其他人。假如你在想象什么动作片场景，身穿黑西装头戴黑墨镜的歹徒手持冲锋枪保护大佬，那你还是省省吧。只有门卫一个人有武器，就算泰迪凑巧还在，他也认识我。"

"马斯登先生的妻子呢？"

"她五年前走了，"利兹打了个响指，"随风而逝。嗖的一下就没了。"

我们又拐过一个弯，前方耸立着一座长满枞树的山峰，它遮住了西方的半边天空。阳光从山谷的谷口照进来，但很快就会被山峰挡住了。我们前方有一扇用铁桩筑成的大门，门关着，门口一侧有内线电话和密码键盘。铁门里面有个小房子，门卫应该就住在那里。

利兹停车熄火，拔出车钥匙揣进口袋里。"坐着别动，杰米。你眨眨眼事情就结束了。"

她面颊绯红，眼睛发光，一股鲜血从她的一侧鼻孔里淌出来，她随手擦掉。她下车走向内线电话，但车窗关着，我听不见她在说什么。然后她走到靠近门卫室的地方，这次我能听见她的声音了，因为她扯开嗓门喊道："泰迪？你在吗？是你的好朋友利兹。我想来送他一程，但我不知道该去哪儿！"

没人应声，也没人出来。利兹走到大门的另一侧，从裤子后袋里掏出一张纸，她看了看，在键盘上输入数字。大门缓缓打开。她回到车上，笑嘻嘻地说："杰米，看来这儿全归咱俩了。"

她开进大门。车道上铺着柏油，光滑得像玻璃。前面又是一个S形转弯，利兹开过去的时候，车道两侧亮起了火炬外形的电灯，后来我发现这种灯被叫作火炬，也可能我记错了，这个词指的是老电影《弗兰肯斯坦》里暴民冲进城堡时手里挥舞的真正的火炬。

"很漂亮。"我说。

"是啊，杰米，但你还没看见他的房子呢！"

马斯登的房子出现在了S形转弯的另一头。它就像你在电影里见到的好莱坞山庄大宅：从悬崖上探出头来，面对我们的这一侧全是玻璃。我想象着马斯登每天早晨喝着咖啡看日出的画面，我打赌他能一直看到波基普西，甚至更远。不过话说回来……波基普西的景色好像不值得为此杀人。

"他的房子建造在海洛因之上，"利兹语气恶毒，"没一块砖头是干净的，车库里的奔驰和保时捷也一样。就是毒品害得我丢了工作。"

我想说你又不是没得选，每次我搞砸了事情，老妈就会这么说，但我没敢开口。她激动得就像锤神的炸弹，我可不想引爆她。

再拐过一个弯就是屋前的水泥院子了。利兹拐过这个弯，我看见一个男人站在双门车库前，马斯登的高级轿车就停在里面（他们显然没有用保时捷送唐尼大胖去停尸房）。这个人很瘦，不可能是马斯登。我张开嘴，正想说那肯定是门卫泰迪，但我随即看见他没有嘴。

"保时捷还在里面吗？"我问，希望我的声音多少还算正常，我指着车库和站在车库前的男人。

她望了过去。"在，不过要是你想开出去转一圈，或者只是看上一眼，那你可就会失望了。咱们要集中精神办正事。"

她没看见他，只有我看见了他。他的嘴巴变成了一个红色的血窟窿，从这一点看，他恐怕不是自然死亡的。

我前面说过了，这是个恐怖故事。

60

利兹熄火下车。她看见我坐在乘客座上一动不动，两只脚在一堆零食包装纸中像是生了根，于是伸手推了我一把。"走吧，杰米。完成你的任务，然后你就自由了。"

我下车，跟着她走向正门。路上我偷偷瞥了一眼车库门前的男人。他肯定知道我能看见他，因为他举起了一只手。我看了一眼利兹，确定她没在看我，然后也抬手和他打招呼。

石板台阶顶上是一扇木门，门环雕成狮头的形状。利兹没去敲门，而是从口袋里掏出了那张纸。她看了看，又在密码键盘上输入一组数字。键盘上的红灯变成绿灯，门锁啪的一声开了。

马斯登会把密码告诉一个低级送货员吗？我认为不太可能，告诉她药片消息的那个人恐怕也不太可能知道。她有密码的事实让我感到不安，我第一次想到了塞里奥特……或者说寄生在他的残骸中的那个怪物。我在楚德仪式中击败了它，要是我召唤它，也许它会真的出现，我一向认为它必须遵守我们定下的约定，但这一点尚未得到证实。我只会把这一招用作最后手段，因为我害怕它。

"进去吧。"利兹把那张纸塞回了裤子口袋，然后把手插进大衣口袋里。我又看了一眼那个站在车库旁的男人，我猜他就是泰迪。我望着他嘴部的血窟窿，想到利兹运动衫上的血污。也许那是一遍遍擦鼻子的结果。

也许不是。

"我说了，进去。"她命令道。

我打开门，里面不是门厅或走廊，而是一间宽敞的会客室。房间中央有个凹下去的区域，摆着沙发和椅子，我后来发现这种布置叫作会谈坑。坑周围摆着另外几件一看就很贵的家具（也许是为了方便其他人坐下，见证坑里的会谈），还有个似乎带轮子的小吧台，墙上挂着些东西。我之所以说它们是东西，是因为它们看上去没有任何艺术性，只是一堆乱糟糟的装饰板和曲里拐弯的东西，但装饰板镶在画框里，因此我猜它在马斯登眼中是艺术。会谈坑顶上悬着一个枝形吊灯，看上去至少有五百磅重，我可不想坐在它底下。会谈坑对面有两道盘旋楼梯，除了在电影和电视剧里见过，现实生活中我只在第五大道的苹果店里见过类似的布置。

"真是个好贼窝，对吧？"利兹说。她关上了门（砰！），用掌根猛拍门口的一排开关，枝形吊灯和几盏火炬灯一起亮了。枝形吊灯美轮美奂，投下美丽的光芒，但我没心情欣赏。我越来越确定利兹已经来过这儿了，而且在去市区找我前就开枪打死了泰迪。

我告诉自己，只要她不知道我看见了泰迪，她就不是非要打死我不可，尽管这从某种程度上能说得通，但逻辑无法帮我渡过这次难关。她嗑药嗑得上了天，整个身体都在颤抖，我再次想到了锤神的炸弹。

"你怎么不问我？"我说。

"问你什么？"

"他在不在这儿。"

"好的，他在这儿吗？"她的声音里没有一丝真正的担忧，这么说只是走个形式。她到底是怎么了？

"不在。"我说。

她似乎不像我们追捕塞里奥特的时候那么兴奋。"咱们先去看看二楼。他也许在主卧室里，回顾他搞那些婊子的美好时光。玛德琳离开后他有过许多女人，离开前大概也有。"

"我不想上楼。"

"为什么？杰米，这地方又不闹鬼。"

"万一他在上面就闹鬼。"

她想了想，哈哈一笑，手依然放在上衣口袋里。"你说得有道理，不过咱们来就是为了找他，所以还是上楼吧。Ándale, ándale[1]。"

我指了指会客室右侧的走廊。"也许他在厨房里。"

"找点心吃？我看不太可能，我觉得他在楼上。走吧。"

我还想继续争辩，或者直接拒绝，但她的手说不定会从口袋里伸出来，我很确定到时候她手里会握着什么，于是我走向了右侧的楼梯。栏杆扶手是绿色的云纹玻璃，既光滑又凉丝丝的，绿色的石阶一共有四十七级——我数过了，每一级的造价大概都能买一辆起亚汽车。

楼梯尽头的墙上镶着一面镏金框的镜子，镜子足有七英尺高。左侧楼梯的尽头也有这么一面镜子。我望着自己在镜子里的身影缓缓升起，利兹紧随其后，我扭头看她。

"你的鼻子。"我说。

"我看见了。"现在她的两个鼻孔都在流血。她抹了一把鼻子，然后在运动衫上擦手。"是压力。压力害得我流鼻血，因为鼻腔的毛细血管很脆弱。等咱们找到马斯登，他告诉我们药片藏在哪儿，压力自然就没了。"

你朝泰迪开枪的时候流鼻血了吗？我心想。利兹，杀人难道就没有压力吗？

楼梯顶上的走廊其实是个环形廊道，说是天桥都可以，廊道边上有齐腰高的栏杆。向下望去，我的胃里有点翻腾。要是失足掉下去，

---

1 西班牙语：跟我来。——译者注

或者被人推下去，你会垂直坠落一小段距离，然后摔在会谈坑的正中间，色彩缤纷的地毯无法为底下的石砌地板提供任何缓冲。

"左转，杰米。"

左转意味着要离开廊道，我乐于从命。我们走进一条长长的走廊，所有的门都开在左侧墙上，因此无论你住在哪个房间里，都能欣赏美丽的风景。走廊里只有一扇门开着，它位于走廊中间，里面是个圆形的图书室，所有的书架上都塞满了书。要是老妈看到了，她一定会欣喜若狂。只有一面墙前没摆书架，而是放着几把椅子和一张沙发。这面墙当然全都是玻璃，弧形的落地玻璃窗俯瞰着此刻正在暮光中变成紫色的世界。我能看见一团灯火，那里肯定是伦菲尔德镇，只要能让我回到那儿，我愿意付出任何代价。

利兹没有问马斯登在不在图书室里，她甚至没往里面看一眼。我们来到走廊尽头，她抬起没有放在口袋里的那只手，指了指最后那扇门。"我很确定他就在里面。开门。"

我打开门。没错，唐纳德·马斯登就在里面，摊手摊脚地躺在床上。这张床太大了，不可能是双人床，说是三人甚至四人更合适。他本人也有四个人那么巨大，利兹在这一点上没说错，在我这个少年的眼中，他庞大得像个幻觉。一身好正装也许能掩盖住他的部分肥肉，但他身上穿的不是正装，他从头到脚只穿了一条超级大的平角内裤。他无与伦比的腰身、垂下来的胸脯和满是赘肉的手臂上遍布纵横交错的浅表割伤。他宛如满月的脸上全是瘀青，一只眼睛肿得睁不开了。他的嘴里塞着一件古怪的东西，我后来发现（在你绝对不希望你老妈知道的某个网站上）那东西叫口球。他的手腕被铐在床头柱上。利兹肯定只带了两副手铐，因为他的脚腕被利兹用胶带捆在了床脚柱上。她在每只脚上大概都用掉了一卷胶带。

"请参见房子的主人。"利兹说。

他还能睁开的那只眼睛眨了眨。你可以说我看见手铐和胶带就应该知道了，看见有些伤口还在冒血就应该知道了，但我没有反应过来。我吓蒙了，直到看见他眨眼我才醒悟。

"他还活着！"

"这个好解决。"利兹说。她从大衣口袋里掏出手枪，对着他的脑袋开了一枪。

61

鲜血和脑浆溅在他背后的墙上。我尖叫着冲出房间，跑下楼梯，跑出正门，经过泰迪，跑下山丘，我一口气跑到了伦菲尔德镇。这一切都发生在一秒钟之内。利兹用双臂搂住了我。

"坚强点，小子。坚强——"

我一拳捣在她肚子上，听见她惊讶地吐出一口气。然后我被她转了半圈，我的胳膊被拧到了背后。我疼得眼前发绿，又叫了一阵。突然间，我的两只脚不再支撑我了，她一个扫堂腿把我踢得跪倒在地。我惨叫得嗓子都哑了，胳膊被提得老高，手腕都碰到了肩胛骨。

"闭嘴！"她的声音在我耳畔响起，更像是一声号叫。这个女人曾经和我一起玩火柴盒小汽车，老妈在厨房里听着潘多拉电台的老歌搅拌意面酱的时候，我们曾经一起跪在地上玩耍。"你别再嚷嚷，我就放开你！"

我闭上了嘴，她放开了我。我双手双膝趴在地上，盯着地毯，浑身发抖。

"站起来，杰米。"

我勉强爬了起来，但眼睛依然盯着地毯。我不想去看那个被打飞了天灵盖的胖子。

"他在这儿吗？"

我盯着地毯不说话。我的头发盖住了眼睛，我的肩膀在抽痛。

"他在不在？你给我看！"

我抬起头，听见颈骨咔咔作响。我没有直接去看马斯登，但我依然能从余光里看见他，他太庞大了，不可能看不见。我望向他的床头柜。柜子上有一堆药瓶，还有一个偌大的三明治和一瓶矿泉水。

"他在不在？"她拍了一把我的后脑勺。

我扫视了一圈房间，这里只有我们和胖子的尸体。现在我见过两个人头部中弹了。塞里奥特的死相很惨，但至少我不需要看着他中弹。

"不在。"我说。

"为什么不在？他为什么不在这儿？"她听上去像是发疯了。我当时不可能多想，因为我他妈太害怕了。后来重新回顾我在马斯登房间里那漫长的五分钟时，我才意识到她在怀疑整件事的真假。尽管有了雷吉斯·托马斯的最后一本书，尽管有了超市的那颗炸弹，她依然担心我其实看不见死人，而她杀了唯一知道药片藏在哪儿的人。

"我不知道，我从没见过一个人死在我面前。也许……也许需要等一会儿。利兹，我真的不知道。"

"好吧，"她说，"那咱们等着。"

"别在这儿等，可以吗？求你了，利兹，别在我能看见他的地方。"

"那就去走廊里吧。我放开你，你会乖乖的吗？"

"会。"

"不会企图逃跑？"

"不会。"

"你最好别跑，我可不愿意朝你的腿和脚开枪，那样一来你的网球事业就到头了。出去吧。"

我走出房间，她跟着我一起走出来，就算我想夺路而逃，她也能立刻拦住我。等我们来到走廊里，她命令我看看四周。我看了，但马斯登不在，我这么告诉她。

"该死，"她说，"你看见那个三明治了，对吧？"

我点点头。一个三明治和一瓶水，给一个被绑在超大号床上，手和脚都被固定住的男人。

"他喜欢吃东西，"利兹说，"我和他去过一次饭馆。他应该用铲子，而不是叉子和勺子。真是一头猪。"

"为什么要给他一个他吃不到的三明治呢？"

"我要他只能看不能吃，这就是原因。与此同时，我出去找你，把你带回来。相信我，当头一枪算是便宜他了。你知道他用他的……他的快乐毒药害死了多少人吗？"

是谁帮了他呢？我心想。当然，我没有说出来。

"再说你觉得他还能活多久？两年？五年？我去过他的卫生间，杰米，他连马桶座都是双倍宽的！"她发出的声音介于大笑和嗤之以鼻之间，"好吧，咱们去廊道，看看他是不是在会客室里。慢点走。"

就算我想快也不可能做到，因为我的两条大腿都在颤抖，膝盖像是变成了果冻。

"你知道我怎么搞到大门密码的吗？我去问了给马斯登送快递的人。那家伙的可卡因瘾头太大了，只要我愿意，就可以和他老婆睡觉，他会高高兴兴地把她送给我，只要我不断他的货就行。房子的密码是从泰迪那儿拿到的。"

"然后你就杀了他。"

"否则我还能怎么做？"她说得好像我是全班最笨的孩子，"他能指认我。"

我也能，我心想。我不由得想到这个小子——也就是我——吹声口哨就能召唤来什么。我必须这么做，但我依然不太情愿，因为召唤它未必能成功。对，但这不是唯一的原因。擦一下神灯，召唤出精灵，

171

好的，算你运气好。擦一下神灯，召唤出恶魔，也就是那团死光，天晓得会发生什么。因此我不会那么做。

我们来到廊道前，低矮的栏杆外就是巨大的落差。我探头去看。

"他在底下吗？"

"不在。"

她把枪口捅在我的腰眼上。"你在撒谎吗？"

"没有！"

她惨笑道："不该是这样的。"

"利兹，我不知道事情应该是怎样的。要我说，他有可能正在外面和泰——"我停下了。

她抓住我的肩膀，把我转了过去。鲜血糊满了她的整个上嘴唇，她的压力肯定大得可怕，但她在微笑。"你看见泰迪了？"

我垂下视线，这就足以回答她的问题了。

"你这个狡猾的小狗，"她真的笑出了声，"要是马斯登不在这儿，咱们就出去看看，但暂时还是再等一等吧，咱们等得起。他的新婊子去牙买加还是巴巴多斯还是哪个有棕榈树的地方走亲戚了，这个星期他身边没有其他人。他最近通过电话联系生意，我进门的时候他只是躺在那儿，看电视上的约翰·劳法庭剧。我的天，我希望他至少能穿件睡衣，明白吗？"

我没有说话。

"他说没有什么药片，但我从他脸上看得出他在骗我，于是我把他固定好，给他放了点血，以为这样就能让他松口，但你知道他什么反应吗？他嘲笑我，说，对，没错，他有奥施康定，而且很多，但他死也不会告诉我藏在哪儿了。'我为什么要说？'他说，'你反正都要杀我。'这时候我忽然灵机一动，我都不敢相信我之前居然没想到。

172

Muy stupido[1]。”她用拿着枪的那只手拍了一下脑袋。

"我,"我说,"我就是你的王牌。"

"没错。所以我留了个三明治和一瓶水请他欣赏,然后去纽约找到你,开车回来,发现没人来过,现在就是这样了。所以他到底在哪儿?"

"那儿。"我说。

"什么?哪儿?"

我指给她看。她转过去,当然什么都没看见,但我能看见他。唐纳德·马斯登,也就是唐尼大胖,站在圆形图书室的门口。他只穿了一条四角短裤,他的上半个脑袋被打飞了,鲜血淋湿了整个肩膀,但他盯着我,用的是没有被狂怒而沮丧的利兹打得睁不开的那只眼睛。

我试探着向他举起手,他也举起手回应我。

62

"问他!"她掐着我的肩膀,对着我的脸吐气。两者都不令人愉快,但她的口气更难闻。

"放开我,我去问。"

我慢慢走向马斯登,利兹紧跟着我。我能感觉到她在我身后,像个阴沉沉的影子。

我在距离他五英尺的地方停下。"药片在哪儿?"

他毫不犹豫地回答我,语气和所有死人(当然了,塞里奥特除外)

---

1 西班牙语:真蠢。——译者注

一样，似乎一切都无关紧要了。为什么还要在乎呢？他反正也不需要药片了，他此刻所在之处不需要，他即将前往之处也不需要——假如他真的会去什么地方的话。

"有些在我的床头柜上，但大多数都在药柜里。妥泰、心得安、法莫替丁、坦洛新……"他又说了另外五六个药名。他的语气很平淡，就像在念装箱单。

"他说什么——"

"安静。"我说。现在是我说了算，尽管我知道这样的情况不会持续太久。假如我召唤寄居在塞里奥特体内的那东西，我还能说了算吗？这我就不知道了。"我问错了问题。"

我扭头对着她。

"我可以问你想问的问题，但首先你要向我发誓，一旦你得到了你想知道的东西，就会放我走。"

"杰米，我当然会了。"她说，但我知道她在撒谎。我不确定我是怎么知道的，与逻辑无关，但也不完全是出于直觉。我猜是因为她说到我名字时不敢直视我的眼睛。

这时我知道了，我必须吹口哨。

唐纳德·马斯登依然站在图书室门口。有一瞬间，我心想，他真的会读书架上的那些书吗？还是说它们仅仅是个摆设？"她问的不是你的处方药，而是奥施康定。在哪儿？"

接下来发生的事情以前只发生过一次，那时我在问塞里奥特他把最后一颗炸弹放在哪儿了。马斯登说的话不再符合他嘴唇的动作，就好像他在反抗天性，不想回答我的问题。"我不想告诉你。"

塞里奥特也说过同样的话。

"杰米！他说——"

"我说过了，安静！给我一点时间！"我转过头继续问他，"奥施康定在哪儿？"

受到逼问的时候，塞里奥特显得极为痛苦，我猜这就是死光钻进来的时机。这一点我不太确定，只能推测。马斯登不像是在遭受痛苦的肉体折磨，尽管他已经死了，但他的精神世界里似乎正在发生什么。他用双手捂住脸，像是个做了错事的孩子，他说："避难室。"

"什么意思？避难室是什么？"

"是个供我躲藏的地方，以免有人闯进我家。"精神折磨来得快，去得也快，马斯登的语气又像是在念装箱单了，"我有敌人，她就是其中之一，我只是不知道而已。"

"问他避难室在哪儿！"利兹说。

我很确定我知道在哪儿，但我还是问了。他指着图书室。

"是个密室，"我说，但这不是在提问，因此他没有回答，"是个密室吗？"

"对。"

"给我带路吧。"

他走进图书室，这里没有开灯，看上去暗影憧憧。死人不是鬼魂，但走进昏暗房间的那一刻，他看上去就像个鬼魂。利兹摸索了几下，找到开关，打开顶灯和更多的火炬灯，这说明尽管她喜欢看书，但她没怎么进过这个房间。她来过这栋房子几次呢？也许一两次，也许一次都没有。也许她对房子的全部了解都来自看照片，以及仔细询问来过的人。

马斯登指了指一个书架。利兹看不见他，于是我有样学样，说："那个。"

她走过去拉了一下。要不是她紧紧地拽着我，我应该会趁机跑走。她嗑了药，兴奋得血压过了红线，但她的警察本能还没有完全丢掉。她用空着的那只手又拉了拉另外几个书架，但什么都没有发生。她骂骂咧咧地转向我。

我不想再挨揍或被拧胳膊，于是抢先问了马斯登那个显而易见的问题。"有什么开门的机关吗？"

"对。"

"他说什么，杰米？真该死，他到底说什么？"

尽管我害怕得要死，但她这么没完没了地问我还是逼得我要发疯。她忘记了擦鼻子，鼻血已经淌过了她的上嘴唇，她看上去像是布拉姆·斯托克笔下的吸血鬼。在我看来，她也正是一个吸血鬼。

"给我点时间，利兹。"我转头问马斯登，"机关在哪儿？"

"书架最顶层，右手边。"马斯登说。

我告诉了利兹。她踮起脚尖摸了一会儿，我听到了咔嗒一声。这次她再拉，书架从暗铰链上向外打开，露出一扇铁门和一个密码键盘，数字按键上方又是一盏小红灯。不需要利兹开口，我也知道接下来该问什么。

"密码是什么？"

他再次抬起双手，捂住眼睛，摆出一个幼稚的姿势：只要我看不见你，你就看不见我。这个姿势很可怜，但我无法承受同情他所要付出的代价，他是个贩毒大亨，他的货害死了几百甚至几千人，还让另外几千人在泥潭中无法自拔。我自己要面对的难题已经够多了。

"密码是什么？"每一个字我都加上重音，就像之前和塞里奥特说话时那样。这次的情况有所不同，但也有所相同。

他告诉了我。他必须告诉我。

"73612。"我说。

她输入数字，另一只手依然抓着我的胳膊。我以为我会听见咚的一声和咝咝放气声，就像科幻电影里气密舱打开时的声音，然而实际上只是红灯变成了绿灯。门上没有握柄或把手，于是利兹推了一下，门徐徐打开。里面黑得就像黑猫的屁眼。

"问他灯的开关在哪儿。"

我问马斯登，马斯登说："没有。"他又放下了双手，他的声音已经在消散了。当时我以为他消失得快是因为他死于谋杀，而非自然死亡或死于事故，后来我的想法不一样了。我认为他想在我们发现里面有什么之前尽快消失。

"你走进去试试。"我说。

她抓着我，试探着向黑暗中走了一步，头顶的日光灯自己亮了。房间里的陈设很简单，对面墙边有冰箱（伯克特教授的声音又在我耳畔响起）、电磁炉和微波炉，左右两侧的墙边堆满了廉价罐头——世棒午餐肉、丁蒂·摩尔炖牛肉和奥斯卡国王沙丁鱼，另外还有一些袋装食品（后来我发现那是军队的单兵口粮）、六瓶水与啤酒。一个下层的架子上有一部固定线路的电蘑菇。房间中央有一张木桌，桌上有台式电脑、打印机、一个厚厚的文件夹和一个带拉链的剃须用具包。

"奥施康定在哪儿？"

我问了马斯登，然后对利兹说："他说在刮胡包里，我不知道那是什么。"

她一把抓起剃须用具包，拉开拉链，把它翻过来。一把药瓶掉了出来，另外还有两三个用保鲜膜包着的小包，怎么看都不是很值钱。她喊道："这他妈是什么？"

我几乎没听见她的声音，因为我随手翻开了电脑旁的文件夹。没什么理由，只是因为它摆在那儿，而我陷入了震惊之中。刚开始我似乎根本不知道我看见了什么，但实际上我当然知道。我也明白了马斯登为什么不希望我们进来，明白为什么他已经死了却还会感到羞愧。这个文件夹和毒品毫无关系，我在想塞在这个女人嘴里的是不是同一个口球。假如真的是，那就叫诗性的正义了。

"利兹。"我说。我嘴唇发木，像是被牙医打了一针奴佛卡因。

"就这些？"她喊道，"你他妈敢说只有这些？"她拧开一个处方药瓶，把里面的东西倒出来——一共只有二十几片药。"而且根本不是奥施康定，是他妈的右丙氧芬！"

她已经放开了我，我大可以拔腿就跑，但我根本没往那儿想，就连吹口哨召唤塞里奥特的念头也从我脑中不翼而飞。"利兹。"我重复道。

她没空理我，她正在一个一个拧开药瓶。品种各不相同，但每个药瓶里的药片都不多。她瞪着其中的一些蓝色药片。"奥施康定，好的，但还不到十片！问他剩下的在哪儿！"

"利兹，你看这个。"声音是我的声音，但似乎是从远处传来的。

"我说过了，问他——"她转过身来，看见了我正在看的东西，顿时截住了话头。

那是一张光面照片，底下还有一小摞其他的光面照片。照片里有三个人，两男一女。其中一个男人是马斯登，他连平角短裤都没穿，另一个男人也光着身子，他们在对被塞口球的女人做一些事情。我不想说得太详细，总之马斯登拿着小型喷灯，另一个男人拿着双尖肉叉。

"天哪，"她低声说，"唉，天哪。"她翻了翻剩下的照片，这些画面无法用语言形容。她合上文件夹。"就是她。"

"谁？"

"麦迪[1]，他老婆。看来她并没有跑掉。"

马斯登依然站在图书室门外，但他转过身去不看我们。他的后脑勺一塌糊涂，就像塞里奥特的头部左侧那样，但我几乎没注意到。有些伤害比中枪更加可怕，这是那天晚上我发现的一件小事。

"他们把她活活折磨死了。"我说。

"对，而且他们还从中得到了巨大的快乐，你看看他们笑得多开心。你还觉得我不该杀他吗？"

"你杀他又不是因为他对他妻子做的事，"我说，"你根本不知道。

---

1 玛德琳的昵称。

你杀他是为了毒品。"

她耸耸肩，像是在说这并不重要，也许对她来说确实如此。她望向避难室门外，那是他欣赏这些恐怖照片的地方，她的视线穿过图书室，落在二楼的走廊里。"他还在吗？"

"在。就站在门口。"

"刚开始他说没有药片，我知道他在骗我。后来他说他有很多药片，很多！"

"也许他那么说的时候是在骗你。他可以骗人，因为当时他还没死。"

"但他告诉你药片在避难室里！那时候他已经死了！"

"他没说有多少，"我问马斯登，"你的药片全在这儿了？"

"全在这儿了。"他说。他的声音变得飘忽不定。

"你告诉她说你有很多药片！"

他耸了耸鲜血淋漓的肩膀。"当时我以为，只要她相信我有她想要的东西，她就会留我一命。"

"但她听到了消息，说你收到了一大批给你个人——"

"只是谣言，"他说，"这个行当里有许多谣言。人们会传播各种各样的谣言，都只是说说而已。"

我把马斯登的话告诉利兹，她使劲摇头，不肯相信。她不愿意相信事实，因为事实意味着她的西海岸计划成了泡影，而她已经走投无路了。

"他藏了东西，"她坚持道，"用了某种花招，藏在某个地方。再问问他，其他的药片都在哪儿？"

我张开嘴，正要说假如还有，那他肯定早就告诉我了。这时我有了个主意，也许是因为那些可怕的照片一耳光扇醒了失魂落魄的我。也许我也可以骗骗她，因为她无疑渴望着被骗。假如能成功，那我就可以从她手中逃跑，不需要召唤恶魔了。

她抓住我的肩膀，使劲摇了摇我。"快问他！"

于是我问了。"马斯登先生，其他的药片在哪儿？"

"我说过，这就是全部了。"他的声音还在继续消散，"我留了一点给玛利亚，但她去巴哈马的比米尼群岛了。"

"嗯，好的。另外还有一些。"我指着放食品罐头的架子说，"看见最顶上一层的意大利面罐头了吗？"她不可能看不见，那儿至少有三十个意大利面罐头，唐尼大胖肯定很喜欢法美这个牌子。"他说他藏了一些东西在罐头里面——不是奥施康定，而是其他东西。"

她可以拖着我一起走过去，但我猜她在心急之下很可能会忘记我，我猜对了。她跑向放食品罐头的架子，而我等到她踮起脚尖伸出胳膊才开始行动。我冲出避难室，穿过图书室，真希望我能想到关上避难室的门，可惜我忘记了。马斯登站在门口，看上去是个实体，但我一头穿过了他的身体。有一瞬间我感到冰寒刺骨，嘴里有一股像是辣香肠的油腻味道，然后我奔向楼梯。

我背后响起了罐头落地的稀里哗啦声。"给我回来，杰米！你给我回来！"

她追了出来。我能听见她的脚步声。我跑到楼梯盘旋而下的地方，扭头看了一眼——大错特错，我绊了一下。我别无选择，只能抿紧嘴唇吹口哨了，但我没有发出声音，只是吹出了一口气。我的口腔和嘴唇都干得可怕，于是我尖叫起来。

"塞里奥特！"

我头前脚后顺着楼梯向下爬，头发遮住了我的眼睛。她一把抓住我的脚腕。

"塞里奥特，快来帮我！把她给我赶走！"

忽然间，白光充满了一切——不仅是廊道，也不仅是楼梯，而是底下的会客室和会谈坑以上的整个空间。白光点亮时我正在看背后的利兹，强光照得我眯起了眼睛，我什么都看不见了。光既从楼梯顶上的落地镜里照出来，也从廊道另一头的那块落地镜里倾泻而出。

利兹的手攥得更紧了。我抓住一级石板台阶，用尽全力向前扑了一下。我腹部着地滑了下去，感觉像是坐上了全世界最颠簸的平底雪橇。我向下滑到楼梯的四分之一处，利兹在我背后尖叫起来。我从胳膊和侧腹部之间向后看，由于我头前脚后，因此她在我眼里是上下颠倒的。她站在那面镜子前，我不知道她究竟看见了什么，但我庆幸我没看见，否则我恐怕再也睡不着觉了。亮光本身就已经足够可怕了——那灿烂的光没有任何颜色，像太阳光似的从镜子里射出来。

死光。

然后我看见——我认为我看见了——一只手从镜子里伸出来，抓住利兹的脖子。那只手拽着她撞在镜子上，我听见镜子破碎的声音。她继续尖叫。

亮光陡然熄灭。

暮色尚未完全降临，因此房子里不是一片漆黑，但也差不太多了。楼下的会客室是个暗影憧憧的深渊，在我背后，旋转楼梯的顶上，利兹一次又一次地惨叫。我抓住光滑的玻璃栏杆爬起来，跌跌撞撞地跑到楼下的会客室，好不容易才没有再次摔倒。

在我背后，利兹不再尖叫，她开始狂笑。我转过身，看见她跑下楼梯。她只是一团黑影，笑得像是《蝙蝠侠》动画片里的小丑。她跑得太快了，根本不看前面的路。她左右摆动，撞在栏杆上弹开，还扭过头去看镜子——镜子里的亮光正在熄灭，老式灯泡断电后的灯丝就是这个样子。

"利兹，当心！"

我朝她大喊，尽管全世界我最想做的事情就是从她手中逃脱。我的提醒完全出于本能，但毫无意义。她失去了平衡，一头栽倒在台阶上。她翻了个跟头，再次摔在台阶上，又翻了个跟头，然后一直滚到了台阶底下。第一次摔在台阶上的时候，她还在狂笑，但第二次她就不笑了，像是一台被关掉了电源的收音机。她趴在楼梯底下，歪着脑袋，鼻子折向一侧，一条胳膊在背后一直抬到颈部，眼睛盯着昏暗的会客室。

"利兹？"

没有回应。

"利兹，你还好吗？"

这真是一个蠢问题。另外，我为什么要在乎她呢？我能回答这个问题：我希望她活着，因为我背后有个东西。我没听见声音，但我知道那东西就在我背后。

我在她身旁跪下，把一只手放在她血淋淋的嘴唇上。我的手掌没有感觉到气息。她的眼睛也不眨了，她死了。我站起来，转过身，看见了我知道我会看见的东西：利兹站在那儿，身穿没拉上拉链的连帽大衣和血迹斑斑的运动衫。她没在看我，而是在看我背后。她抬起一条胳膊指着我背后，尽管这个节骨眼儿相当恐怖，我还是不由得想起了圣诞精灵指着斯克鲁奇[1]墓碑的样子。

肯尼思·塞里奥特，或者更确切地说，他残余的部分，正在走下楼梯。

63

塞里奥特就像一截被烧过的木头，内部的火还没有熄灭。我想不

---

[1] 均为查尔斯·狄更斯小说《圣诞颂歌》中的角色。

出还能怎么形容他。他变成了黑色，皮肤上有几十个裂口，耀眼的死光从裂口中射出来，从他的鼻孔、眼睛甚至耳朵里射出来。他开口说话的时候，死光也从他的嘴里射出来。

他咧开嘴，举起双臂。"咱们再来试试你的仪式，看这次谁能获胜。既然我从她手里救了你，我觉得你至少该陪我试一次。"

他跑下楼梯，朝我而来，准备投入盛大的欢迎仪式。本能命令我转身逃跑，但我内心深处有个声音命令我坚守阵地，无论我多么想逃，也要直面这逼近的恐怖之物。假如我逃跑，他就会从背后抓住我，用他烧黑的双臂把我搂住，那将是我的末日。一旦他获胜，我将成为他的奴隶，必须随时听候他的召唤。死光会占据我这个活人的身体，就像它占据塞里奥特死后的残躯一样，而我的下场会更加糟糕。

"停下。"我说，塞里奥特烧黑的躯壳在楼梯底下停住了脚步，他伸直的双臂离我还不到一英尺远。

"滚开。我和你已经结束了，永远结束了。"

"你和我永远也不会结束，"接着他又说了一个词，让我起了一身鸡皮疙瘩，后脖颈的汗毛根根竖起，"冠军。"

"等着瞧吧。"我说。尽管我嘴上说得斩钉截铁，但我无法去除声音里的颤抖。

他依然伸着双臂，烧黑的双手和耀眼的裂口离我的脖子只有几英寸。"要是你想永远摆脱我，那就抓住我的手，咱们再来试试你那个仪式。这次会更加公平，因为我会做好准备。"

说来奇怪，我受到了诱惑，但不知道为什么，我的某个部分——比自我更底层，比本能更深邃——占据了上风。出于深谋远虑、勇敢、幸运或者三者的结合，你也许能击败邪灵一次，但两次就不可能了。我认为除了圣人，没人能两次击败邪灵，也许连圣人都做不到。

"滚。"现在轮到我来扮演斯克鲁奇的最后一个鬼魂了，我指着门口。

怪物咧开塞里奥特被烧焦熏黑的嘴唇，露出鄙夷的笑容。"你没法打发我走，杰米，你到现在还没意识到吗？咱们彼此绑在一起了。你根本没想过后果，但这就是后果。"

我又说了一遍"滚"。我突然觉得咽喉窄得就像针眼，能从里面挤出来的字只有这一个了。

塞里奥特的姿态像是要越过我和他之间的距离，扑到我身上，用他可怕的身体抱住我，但他没有动。也许他做不到。

他经过利兹的时候，利兹向后畏缩。我以为他会径直穿过那扇门，就像我穿过马斯登的身体那样，但无论这个怪物是什么，他都不是鬼魂。他伸手抓住门把手，转了一下，更多的皮肤开裂，更多的死光射出来。门打开了。

他扭头对我说："小子，吹声口哨我就会出现。"

说完他就走了。

64

我的腿要站不住了。台阶离我很近，但我不会过去坐下，因为利兹·达顿残破的身体就趴在楼梯底下。我跟跟跄跄地走向会谈坑，一屁股坐进坑边的一把椅子，低下头啜泣起来。这是惊恐和歇斯底里的泪水，但我觉得这也是（尽管我记不清了）喜悦的泪水。我还活着。我在一条私家道路尽头的黑洞洞的房子里，陪伴我的是两具尸体和两个死人（马斯登从廊道上俯视着我），但我还活着。

"三，"我说，"三具尸体和三个死人。别忘记泰迪。"

我笑了起来，但我随即想到利兹死前差不多也这么大笑过，于是笑不出来了。我努力思考该怎么办，最后决定先去关上该死的大门。两条残魂（这是我后来学到的说法，你肯定能猜到）盯着我固然不令人愉快，但我已经习惯了死人和我大眼瞪小眼。我真正担心的是塞里奥特还在外面的某个地方，死光从他腐烂的皮肤里射出来。我命令他滚，他就滚了……但万一他又回来了怎么办？

我从利兹身旁走过，关上门，回来问她我该怎么做。我没想着她会回答我，但她开口了："打电话给你老妈。"

我想到避难室里的固定电话，但我绝对不会重新爬上楼梯回到那个房间里。给我一百万美元我都不去。

"利兹，你带手机了吗？"

"带了。"她听上去很冷漠，和大多数死人一样，但并非每个死人都是这样。伯克特太太还有足够多的生命力，能对我那只火鸡的艺术价值品头论足，唐尼大胖也企图隐藏他的性虐色情藏品。

"手机在哪儿？"

"上衣口袋里。"

我走到她的尸体旁，手伸进连帽大衣的右侧口袋里。我摸到了手枪的枪柄，那是她用来结束唐纳德·马斯登生命的凶器，我立刻缩回手，像是摸到了什么滚烫的东西。我把手伸进大衣另一侧的口袋里，找到了她的手机。我按亮屏幕。

"密码是什么？"

"2665。"

我用密码解锁，输入纽约市的地区码和老妈手机号的前三个数字，这时我改变了主意。我换了个号码。

"911，请问有什么事情？"

"我和两个死人在一栋房子里，"我说，"一个是被谋杀的，另一个是掉下楼梯摔死的。"

"孩子，你不是在恶作剧吧？"

"我真希望只是恶作剧。从楼梯上摔下来的女人绑架了我，把我带到了这里。"

"请说出你的方位。"线路另一头的女人认真了起来。

"房子在伦菲尔德镇郊外，一条私家道路的尽头，女士。我不知道这里离镇子有多远，也不知道门牌号码。"这时我想到了我一开始就应该说的话，"这里是唐纳德·马斯登的住所，他被从楼梯上摔下来的那个女人谋杀了。她叫利兹·达顿，利兹的全称是伊丽莎白。"

她问我状态怎么样，然后叫我待在原地别动，警察很快就会赶到。我坐在原地，打电话给老妈。这个电话就长得多了，而且总是听不清楚，因为我们两个人都在哭。我把事情一五一十地告诉她，只有死光怪物的部分除外。我说了她也会相信我，但一个人做噩梦已经够糟糕了。我只说利兹在追我的时候绊了一下，掉下来摔断了脖子。

在我们打电话的过程中，唐纳德·马斯登走下楼梯，站在墙边。一个死人的天灵盖没了，另一个死人的头部转向一侧，他们倒是非常登对。我说过这是个恐怖故事，我早就提醒过你了，但现在我看着他们，心里却不怎么紧张，因为最恐怖的东西已经走了——除非我召唤他回来。要是我召唤，他就会出现。

只需要吹声口哨就行。

非常漫长的十五分钟后，我渐渐听见了警笛的鸣叫声在远方响起。二十五分钟后，红色和蓝色的光芒投在了窗户上。至少来了六名警察，算是个民防团了。刚开始他们只是门口的一团团黑影，遮住了残存的最后一丝天光——要是外面还没全黑的话。一个人问该死的灯开关在哪儿，另一个人说"找到了"，但按下去灯也没亮，那个人骂了几句。

"有人吗？"又一个警察喊道，"里面的人请说明身份！"

我站起来，高举双手，尽管我猜他们顶多只能看见一个人影在移动。"我在这儿！我举起手了！只不过灯没开，你们看不见！我就是打电话的那个孩子！"

他们打开了手电筒，一道道相互交叉的光束四处闪耀，然后集中在我身上。一个警察走了过来，是个女人。她绕过利兹，显然不知道自己为什么要这么做。她的手一开始放在枪套里的枪托上，但等她看清了我，就松开了手。我感到如释重负。

她在我面前单膝跪下。"孩子，这里只有你一个人吗？"

我看看利兹，又看看马斯登——他站得离杀死他的女人很远。连泰迪也来了，他站在警察刚刚进来的门口，也许他是被这阵骚动引来的，也许他只是想来看看。三个幽灵臭皮匠。

"对，"我说，"这里只有我一个人。"

65

女警察搂住我的肩膀，领着我走出房子。我在颤抖，她多半觉得是因为晚风很凉，但实际上当然不是这样。她脱掉外套，披在我肩膀上，但这远远不够。我把胳膊塞进过长的衣袖，然后把衣服裹在身上。衣服口袋里的警务用具沉甸甸的，但我不在乎。这份重量让我心安。

院子里停了三辆巡逻车，两辆一左一右夹住利兹的小轿车，一辆停在它背后。我们站在那儿，看着又一辆警车停下。这是一辆 SUV，侧面印着"伦菲尔德镇警察局局长"的字样。看来镇上的酒鬼和快车手可以狂欢了，因为小镇的大部分警力肯定都集中在这儿。

又一个警察下车，走到女警察身旁。"孩子，这儿发生了什么？"

我正要回答，但女警察用手指压在我的嘴唇上。我不介意，事实上我感觉挺不错。"别问了，德怀特。这孩子被吓坏了，他需要医生。"

一个魁梧的男人从 SUV 上走下来，他身穿白衬衫，脖子上挂着警徽。我猜他就是局长，他刚好听见了最后那句话。"你送他去，卡罗琳，让医生看看他。确定有人死了吗？"

　　"楼梯底下有一具尸体。看着像个女人。我没有确认死没死，但从她头部的角度看——"

　　"她死了，真的死了。"我对他们说，然后哭了起来。

　　"去吧，卡罗琳，"局长说，"别费事去县城了，送他去医疗站。先别盘问他，等我来了再说，顺便找到他的监护人。知道他叫什么吗？"

　　"还没问，"卡罗琳警员说，"情况很乱。房子里的灯按不亮。"

　　局长弯腰看着我，两只手撑着大腿，我不禁觉得我又回到了五岁。"孩子，怎么称呼？"

　　这就叫别盘问他吗？我心想。"杰米·康克林，我老妈正在来的路上。她叫蒂亚·康克林，我已经给她打过电话了。"

　　"嗯哼，"他转向德怀特，"灯为什么不亮？过来一路上的房子都有电。"

　　"不知道，局长。"

　　我说："她追着我下楼梯的时候，灯忽然灭了，我猜这就是她摔下来的原因。"

　　我看得出他还想继续问我，但他只是命令卡罗琳警员带我走。她驾车开出院子，沿着蜿蜒的车道下山，我在裤子口袋里摸到了利兹的手机，但我不记得我把手机放进了口袋。"我能再打个电话给老妈吗？告诉她我们要去医疗站。"

　　"没问题。"

　　打电话的时候，我意识到假如卡罗琳警员发现我在用利兹的手机，那我就有可能会惹上麻烦。她也许会问我怎么知道一个死人的锁屏密码，而我不可能给她一个合理的答案。还好她什么都没问。

　　老妈说她叫了优步（多半要花一大笔钱，幸好经纪公司又在赢利了），正在火速赶来。她问我是不是真的一切都好。我说真的一切都好，卡罗琳警员正在送我去伦菲尔德的医疗站，但只是为了检查一下。她说在她赶到前别回答任何问题，我说我不会回答的。

"我要打电话给蒙蒂·格里沙姆，"她说，"他不从事这方面的法务工作，但他肯定认识做这一行的律师。"

"妈妈，我不需要律师，"听见我这么说，卡罗琳警员飞快地瞥了我一眼，"我又没做坏事。"

"要是利兹杀了人，而你在场，那你就需要了。他们会盘问你……还有媒体……我完全不懂这些事。都怪我不好，是我把那个臭女人领进了咱们家。"然后她怒骂道："该死的利兹！"

"刚开始她人挺好的，"这是实话，但我忽然间觉得非常疲惫，"等你到了再说吧。"

我挂断电话，问卡罗琳警员还有多久能到医疗站，她说二十分钟。我扭头向后看，隔着铁丝网观察警车的后座，突然觉得利兹肯定会坐在我背后，或者更可怕的：塞里奥特会坐在我背后。但后排座位上空无一人。

"车里只有你和我，杰米，"卡罗琳警员说，"别担心。"

"我不担心。"我说，但我确实有一件事要担心，谢天谢地我还记得，否则我和老妈就会陷入一大堆麻烦里。我把脑袋靠在车窗上，半侧过身子背对她。"我打个瞌睡。"

"随便你。"她的声音里有一丝笑意。

我确实睡了一小会儿，但我首先打开利兹的手机，把它贴在我身上，删除了她偷录的我向老妈口述《罗阿诺克的秘密》情节的录音。要是他们拿走手机，发现它不属于我，我就编个故事，或者干脆说我不记得了，那样大概更安全。但无论如何都不能让他们听到那段录音。

绝对不行。

66

卡罗琳警员和我到了医疗站，一小时之后，局长和另外两个警察也来了。还有一个穿西装的男人，他自我介绍说他是县检察官。医生为我检查身体，说我状况尚可，只是血压有点高，但考虑到我刚刚经历的事情，血压高一点也并不令人吃惊。他很确定到明早我就没问题了，宣布我是个"标准的健康少年"。只不过这个标准的健康少年碰巧能看见死人，但我当然没有说。

我和警察们还有县检察官在员工休息室等老妈，她一进门，盘问就开始了。那天我们在伦菲尔德的星尘汽车旅馆过夜，第二天上午又是一轮盘问。老妈告诉他们，她和伊丽莎白·达顿曾经是一对儿，但老妈发现利兹参与贩毒后就和她分手了。我告诉他们利兹如何在我下网球课后绑架我，带我来到伦菲尔德镇，打算从马斯登先生的住处劫走一大批奥施康定。他最终把藏毒的地点告诉了利兹，但利兹还是杀了他，有可能是因为她没有像预料中那样中大奖，也可能是因为她在密室中发现的另一件东西——那些照片。

我一直穿着卡罗琳警员的上衣，把衣服还给她的时候，她说："有一点我不明白。"老妈对她露出了准备保护幼崽的警惕眼神，但卡罗琳警员没有看见，因为她在看我。"她把那家伙绑起来——"

"她说她固定了他。她用的是这个词。我猜是因为她当过警察。"

"好的，她固定了他。根据她对你说的话，也根据我们在楼上发现的情况，她稍微拷打了他一下，但不算非常认真。"

"你还不明白吗？"老妈说，"我儿子经历了这么可怕的事情，他非常疲惫了。"

卡罗琳警员没有理会老妈，她目光炯炯地看着我。"她可以用更加凶残的手段折磨他，直到问出她想知道的事情，但她没有这么做。相反，她扔下他，开车赶到纽约市，绑架了你，把你带到这儿来。她为什么要这么做？"

"我不知道。"

"你和她在车上待了两个小时，她一个字都没说？"

"她只说很高兴见到我。"我不记得她有没有这么说了，因此严格地说这是在撒谎，但听上去像是真话。我想到我在沙发上度过的那些夜晚，我坐在她和老妈之间看《生活大爆炸》，三个人笑得前仰后合，我忍不住哭了——眼泪帮我们从警察局成功脱身。

我们来到汽车旅馆，关门上锁后，老妈说："要是他们再问你，你就说她有可能打算带你一起去西部。明白了吗？"

"明白了。"我说，心想利兹在心底里动的也许正是这个念头。这么想当然并不令人愉快，但总比我的另一个猜测要好得多（直到今天我也在怀疑）：她打算杀我灭口。

我没在隔壁房间里睡觉，而是睡在了老妈房间的沙发上。我梦见我走在一条非常荒凉的乡村小路上，头顶是一轮新月。我对自己说，别吹口哨，千万别吹，但我还是忍不住吹了。我在吹《随它去》，这个细节我记得非常清楚。我刚吹完最开始的六个还是八个音节，就听见背后响起了脚步声。

我醒来时双手捂着嘴，像是想止住一声尖叫。后来的这些年里，我好几次以相同的姿势醒来，但我担心的从来都不是尖叫，而是我会在醒来时吹口哨，死光怪物也随即出现。

它会伸出双臂来拥抱我。

67

身为青少年有很多劣势，你自己想一想就知道：青春痘；痛苦地挑选合适的衣服去学校，免得被人嘲笑；难以捉摸的女孩——这只是其中的三个。去唐纳德·马斯登家里一日游（诚实一点说，就是我被绑架了）后我才发现，身为青少年其实也有优势。

优势之一是我不必在死因审讯中承受记者和摄像机的交叉火力，因为我不需要当面做证，只需要在录像中宣誓做证。画面中蒙蒂·格里沙姆律师坐在我的一侧，老妈坐在另一侧。媒体知道我是谁，但姓名没有见报，因为我是个有魔法的小东西：未成年人。学校里的孩子们知道是我（孩子们永远能揭开一切秘密），但我没有被欺负，反而受到了尊敬。我不需要琢磨该怎么和女孩交谈了，因为她们会来我的储物柜前和我搭话。

最好的一点是，我的手机没有引起任何麻烦——当然了，其实是利兹的手机。它已经不存在了，老妈把它扔进了焚化炉，永别了亲爱的。要是有人问起，我就回答说被我弄丢了，但没人问我。至于利兹为什么要来纽约绑架我，警方得出了老妈告诉过我的结论：利兹想带着一个孩子去西海岸，也许是觉得女人带着孩子旅行会较少引起怀疑。没人考虑过我有可能会尝试逃跑，或者在停车加油和吃东西的时候呼救，要知道我们需要穿过宾夕法尼亚州、印第安纳州和蒙大拿州。当然了，我不会那么做，我是一个温顺的绑架案小受害者，就像伊丽莎白·斯马特[1]一样。我只是个孩子。

报纸把这事当作大新闻宣扬了一个星期左右，尤其是地摊小报，因为马斯登是个"毒品大王"，但主要还是因为在他的避难室里发现的

---

1 她十四岁时在盐湖城住家遭绑架，并在遭绑九个月后获救。——译者注

那些照片。说来奇怪，利兹变成了一个英雄人物。《纽约每日新闻》的大标题是《前警察屠杀性虐色情毒王后死去》，没提到她因为内务部调查和毒检呈阳性而丢了工作，但提到她在寻找锤神的最后一颗炸弹时起到了关键作用，及时阻止了大量在超市购物的顾客死于非命。《纽约邮报》的记者肯定想办法混进了马斯登的住所（"蟑螂能钻进一切角落。"老妈说），也可能他们的档案里本来就有伦菲尔德镇那栋房子的照片，因为他们的大标题是《深入唐尼大胖的恐怖之屋》。老妈好好嘲笑了一番这个标题，说《纽约邮报》对撇号用法的理解倒是和他们对美国政治的看法一样错得离谱。

我问她哪儿不对，她说："不该是 Bigs'，而是 Bigs's。"

好吧，老妈。你说了算。

68

没过多久，其他新闻就把唐尼大胖的恐怖之屋挤下了小报头版，我在学校里的名声也渐渐消退。正如利兹引用的切特·阿特金斯的那句话，人们的忘性是很大的。我发现自己不得不再次面对难题，主动去找女孩搭话，而不是等她们来我的储物柜前，瞪大涂着睫毛膏的眼睛，噘起涂着润唇膏的小嘴，一个个都想和我聊几句。我打网球，试演班级话剧，虽然只得到了一个有两句台词的小角色，但我全心全意地参与排练。我和朋友们打电子游戏，我请玛丽·卢·斯坦看电影并吻了她，而她也吻了我，多么美妙。

蒙太奇剪切，加上翻日历的画面，时间来到了 2016 年，然后是 2017 年。有时候我梦见我走在乡村小路上，醒来时双手捂着嘴，思考我有没有吹口哨。天哪，我吹了没有？不过这个梦出现得越来越少了。有时候我会看见死人，但并不频繁，他们也不吓人。有一次老妈问我是不是还能看见他们，我说越来越少了，我知道这么说能让她安心。对她来说，这也是一段艰难的经历，我希望能让她轻松一些。

"也许等你长大了就看不见了。"她说。

"也许吧。"我附和道。

时间来到2018年，我们的主角詹姆斯·康克林已经身高六英尺，可以留山羊胡了（老妈对此厌恶得无以复加）。我被普林斯顿大学录取，到11月大选的时候，我就可以投票了。

那天我正在房间里看书，为毕业考试做准备，这时手机忽然响了。是老妈，她从一辆优步的后座上打给我，说她要去特纳夫莱，哈利舅舅现在就住在那儿。

"他的肺炎又犯了，"她说，"杰米，我觉得这次他熬不过去了。他们叫我快来，除非情况严重，否则他们是不会打给我的。"她停顿片刻，然后说："哈利舅舅应该快要不行了。"

"我尽快赶到。"

"你也不是非来不可。"反正我和他不熟，至少我不认识以前那个聪明的他，那个人曾经在纽约出版业这个残酷世界里为他和他妹妹打下了一片天空。出版业确实非常残酷，现在我也在办公室里帮忙了（每星期几个小时而已，主要是做一点归档工作），因此我知道这是真的。我对这个本来还能聪明许多年的人只有一些非常模糊的记忆，不过我去那儿并不是为了他。

"我会搭公共汽车去。"这对我来说不算什么，之前家里条件不太好的时候，我们负担不起搭优步和来福去新泽西的价格，所以通常都搭公共汽车去。

"你的考试……你还要准备毕业考试呢……"

"我在哪儿读到过一个说法，书是独一无二的便携魔法用具。我会带上课本的，咱们在特纳夫莱见。"

"也许还需要在那儿过夜，"她说，"你确定吗？"

我说我确定。

我不知道哈利舅舅去世时我究竟在哪儿。也许在新泽西，也许还在过哈得孙河，甚至有可能正在透过糊着鸟屎的车窗看洋基体育馆。老妈在他住过的最后一家养老院门外等我，她坐在树荫下的一张长椅上，没有哭，但她在抽烟，而我很久没见过她抽烟了。她使劲拥抱我，我也使劲拥抱她。我能闻到她的香水味，我很熟悉美丽人生香水的这个甜蜜气味，每次闻到都感觉自己回到了童年，重新变成了那个觉得自己画的绿火鸡特别牛逼的孩子。我不需要问就知道发生了什么。

"我晚来了还不到十分钟。"她说。

"你还好吗？"

"嗯。很伤心，但也挺高兴，因为总算结束了。他比大多数得这个病的人活得都要长。知道吗，我刚才坐在这儿想的是三飞六弹[1]。知道那是什么吗？"

"嗯，应该知道。"

"其他男孩不肯带我玩，因为我是女孩，但哈利说要是不带我，那他也不玩。他是孩子王。他永远最受欢迎。于是，按照他们的说法，我就成了场上唯一的女孩。"

"你玩得厉害吗？"

"所向披靡。"她笑了几声，擦了擦一只眼睛。看来她终究还是哭了。"我要去找阿克曼夫人谈谈，她是这儿的女院长。我需要在一些文件上签字，然后我打算去他的房间，看看有什么必须带走的东西。我估计几乎没有。"

我顿时一阵惊慌。"他的遗体不会还在房间里吧？"

---

1 斯蒂芬·金的小说中多次出现的一种儿童游戏。——译者注

"他已经被运走了，亲爱的，他们这儿有个殡仪馆。我明天会安排把他运回纽约，准备……你知道的，葬礼那些事。"她停顿片刻，"杰米？"

我望着她。

"你没有……你没有看见他，对吧？"

我微笑道："没有，妈。"

她捏住我的下巴。"我说过多少次了？不许这么叫我。谁会只叫一声妈？"

"小羊[1]，"我说，"对对对。"

她不由得笑了。"等着我，亲爱的。用不了多久。"

她走进养老院。我望着哈利舅舅，他就站在不到十英尺之外。他刚才就一直站在这儿，身穿去世时穿的睡衣。

"你好，哈利舅舅。"我说。

他没有回答，但他望着我。

"你还有阿尔茨海默病吗？"

"没有了。"

"所以你现在正常了？"

他看着我，眼神里有一丝微弱的幽默感。"应该是吧，假如死符合你对正常的定义的话。"

"哈利舅舅，她会想念你的。"

没有回答，我知道他不会回答我，因为这不是个问句。但我确实有个问题想问他。他未必知道答案，但有句老话说得好，答案要等问了才知道。

"你知道我父亲是谁吗？"

"知道。"

---

1 妈（Maa）音似羊叫"咩"。

"谁？是谁？"

"是我。"哈利舅舅答道。

69

我的故事就快讲完了（一开始我还觉得三十页就很多了），但还剩一小部分，所以请别放弃，先听我说完这一段：

我的祖父母——我只有一对祖父母——死在去参加圣诞派对的路上。有个为圣诞节干杯太多次的醉鬼在四车道公路上横穿三条车道，迎头撞上他们的车。这个家伙活了下来——肇事者似乎总能活下来。我舅舅（也就是我父亲）收到消息时正在纽约参加一轮又一轮的圣诞派对，哄出版社、编辑和作家开心。当时他的经纪公司刚成立不久，哈利舅舅（我的好老爸！）就像在森林深处宿营的那种人，守着一小堆燃烧的嫩枝，希望能生起熊熊篝火。

他回到阿科拉参加葬礼，那是伊利诺伊州的一个小镇。葬礼结束后，他们在康克林家举办了追思会。莱斯特和诺尔玛广受爱戴，因此来了很多人。有些人带来了食物，有些人带来了烈酒——这东西是许多意外降生的孩子的教父。蒂亚·康克林才出大学校门不久，在一家会计师事务所从事她的第一份工作，她喝了不少，她哥哥也喝了不少。真糟糕，明白了吧？

宾客散去之后，哈利在她的卧室里找到了她，她穿着内衣躺在床上，哭得撕心裂肺。哈利在她身旁躺下，把她搂进怀里。只是为了安慰她，你明白的，但这种安慰很快变成了另一种。就那么一次，但一次就够了，六个星期之后，已经回到纽约的哈利接到一个电话。没过多久，我怀孕的老妈加入了经纪公司。

要是没有她，康克林文学经纪公司能在那个竞争激烈的残酷领域内有所成就吗？还是说在我舅舅（我父亲）添上第一块比较大的木柴前，他的那一小堆嫩枝和树叶会就化作一缕白烟？这就很难说了。公司的事业起步时，我还躺在摇篮里，兜着尿不湿，一逗就咯咯笑。但她确实擅长这份工作，这一点我很确定。要是她不擅长，后来金融市场大崩溃的时候，经纪公司恐怕早就翻船了。

告诉你吧，关于乱伦诞生的后代，尤其是父女和兄妹之间的乱伦，网上有很多胡说八道的说法。对，孩子可能会出现健康问题，对，孩子患有疾病的可能性确实稍微高一点，但你要说这种孩子大部分都弱智、独眼或脚部畸形，那就是扯淡了。我发现乱伦后代的一个常见缺陷是手指或脚趾不分叉。我左手的食指和中指之间有外科手术留下的疤痕，因为我还在襁褓中的时候动过分开手指的手术。我第一次问起那些疤痕的时候顶多四五岁，老妈说她带我回家前医生就把手术做掉了。"轻而易举。"她说。

当然了，我生来就有的另一个特征，或许也是因为在过去的某个时刻，我父母在悲痛中没能守住兄妹间应有的距离，又或许我能看见死人和这件事毫无关系。五音不全的父母有可能生下音乐神童，不识字的文盲有可能生下文学大师，有时候天赋就是老天爷给的才能——至少看似如此。

只是，先别急，等一等。

上面这个故事是我编的。

我并不知道蒂亚和哈利怎么会成为詹姆斯·李·康克林这个健康宝宝的父母，因为我根本没问哈利舅舅其中的细节。死人不能撒谎，这一点我认为咱们已经达成共识了，他肯定会告诉我，但我不想知道。听他说完那两个字——"是我"，我就转身走进养老院去找老妈了。他没有跟上来，我再没见过他。我以为他会出席自己的追思仪式或下葬仪式，但他没有来。

回纽约的路上（和以前一样，我们坐公共汽车），老妈问我有什么不对劲吗？我说没有，我只是在尽量接受哈利舅舅已经离开人世的事实。"感觉就像掉了一颗乳牙，"我说，"我身体里多了个空洞，我总能感觉到它。"

"我明白，"她抱了抱我，"我也是这个感觉，但我并不悲伤。我猜到我不会难过，事实上我确实不难过，他已经离开我们很久了。"

被拥抱的感觉很好。我爱老妈，现在也还爱她，但那天我对她撒谎了，而且不仅仅是在哈利舅舅的这件事上撒了谎。那感觉并不像是掉了一颗牙，反而像是新长出来一颗牙，但我的嘴里并没有多余的空位。

有些细节能让我前面说的这个故事更加真实。莱斯特·康克林和诺尔玛·康克林确实在去参加圣诞派对的路上被一名醉驾司机撞死了。哈利确实从纽约回到伊利诺伊州参加了他们的葬礼，我在《阿科拉先驱纪事报》上找到一篇文章，说他在葬礼上致了悼词。蒂亚·康克林确实在第二年年初辞职，去纽约帮她哥哥管理刚创建不久的经纪公司。而詹姆斯·李·康克林确实在葬礼后九个月左右出生于莱诺克斯山医院。

所以，是是是，对对对，事实有可能就是我前面说的那样。相当符合逻辑。但另一种可能性同样存在，而我更喜欢这个解释：一个年轻女人把自己喝得不省人事，而她同样喝得烂醉的哥哥在兽性大发之余强奸了她。我没有问的原因很简单：我是否不想知道。我想过他们有没有讨论过堕胎吗？不止一次。我是否担心我舅舅（我父亲）传给我的不仅是一笑就会显现的酒窝？我是否担心自己才二十二岁，黑发中就已经有了白发的痕迹？我就直话直说吧，我担心我会在三十、三十五或四十岁的盛年就丧失神志吗？我当然担心。根据我在网上查到的资料，我舅舅（我父亲）罹患的是EOFAD，也就是早发型家族性阿尔茨海默病。它会在 PSEN1 和 PSEN2 这两个基因上默默潜伏，不过现在已经有办法检查了：往试管里吐一口唾沫，然后等待结果。我猜我会去检查一下的。

以后再说吧。

说来有趣——从头再看前面这一页页文字，我发现我后来越写越好了。我当然还不能和福克纳或厄普代克比肩，但我靠实践提高了写作技巧，我猜生活中的大部分事情都是这样。我只希望等我再次和占据塞里奥特身体的怪物相遇时，我在其他方面也已经变得更加优秀和更加强大了。我会再次见到它的，自从那天夜里利兹被她在镜子里见到的东西逼疯后，我再没见过它，但它还在等待机会。我能感觉到——事实上，我知道它还在等待，尽管我不知道它究竟是什么东西。

但那不重要。我会好好过我的生活，不会成天琢磨我会不会在中年就失去神志，也不会活在死光投下的阴影之中，它已经窃取了太多日子的色彩。见过塞里奥特的烧黑躯壳和死光从他皮肤表面的裂口向外射出之后，我是乱伦后代的事实已经是可以一笑置之的小事了。

自从那怪物要求和我在楚德仪式中再比拼一场之后，我阅读了大量参考资料，知道了很多奇特的迷信知识和怪异的民间传说，这都是雷吉斯·托马斯的罗阿诺克传奇系列和斯托克的《德古拉》中绝对不会提到的知识。尽管有很多地方提到了活人被恶灵附体，但我没查到任何文献说存在某种能侵占死者魂魄的邪物。我读到的最接近的内容是关于恶鬼的故事，但那完全是另一种东西了，因此我完全不知道我在面对的究竟是什么，只知道我必须面对它。总有一天我会吹响口哨，而它会立刻出现，我们会互相拥抱，而不是仪式性地咬住彼此的舌头，然后……嗯，然后就走着瞧了，对吧？

对，咱们走着瞧好了。

以后的事以后再说。